目次

プラスチックとふたつのキス

元気かい、貴史《たかし》。

まずは報告から。国家I種試験はだめだったよ。まあ自分でも受かると思っていたわけではないので、たいして落胆もしていないけどね。

ただ困ったことに、公務員にでもなれればともかく、心理学なんて分野は本当に潰《つぶ》しが利かないんだ。修士課程は終えたものの、しばらくは大学にいるしかないようだ。いまさら一般企業に就職というのも――なにしろもう二十七だからね。臨床心理士の資格は持っているから、学生の相談くらいには乗れるだろう。

そちらは変わりないかな。学校にはできるだけ行ったほうがいいと思うよ。偏見に凝り固まった教師の説教なんか無視していい。貴史のことをちゃんと見てくれている人はきっといる。それと、絵が好きなら続けてほしい。好きなことはやめちゃだめだ。好きなことを見つけられただけでも素晴らしいことなんだから。それは宝物を見つけたようなものなんだよ。

こんなに寒いのに、暦の上ではもう春だね。もっとも僕は、春はあまり好きじゃないんだけど。それでも大学構内の桜は綺麗《きれい》で、その下を歩くのはなんとなく楽しい。春になったら、貴史も桜の絵を描いたりするのかな。

ではまた。

＊＊＊

貴史、学校での問題は解決したかい？

僕がもっと近くにいてあげられれば、なにか力になれたかな。いや、でも結局、貴史が自分で解決するしかないんだろうと思う。愚痴や弱音はいくらでも僕にぶつけてくれたらいい。それを受け止めることなら、僕は喜んでしよう。

そしてどうしても耐えられなかったら、そのときは逃げていいんだよ。問題に真正面から取り組むだけが大切なわけじゃないんだから。自分が壊れる前に逃げることだって必要なんだ。絵は描いてる？　絵に逃げたっていいんだ。逃げるなんて言い方をすると貴史は怒るかな。でも、好きなことをしているときだけは、辛《つら》いことを忘れられるだろう？　逃げる場所がないと、生きていくのは辛い。

さて、こちらの近況。

もうすぐ春休みに入るけど、その間にひとりのクライアントを受け持つことになった。貴史と同じくらいの少年だ。

交通事故で家族を亡くしたらしい。まだ詳しいことは聞いていないんだ。僕は実務経験がほとんどないから、教授の助手という立場なんだけど、実際には教授は学会の準備で忙しいらしくてそれどころじゃないようだよ。

カウンセリングのほとんどは、僕が引き受けるかたちになると思う。クライアントを見たら、貴史を思い出すかもしれないね。

じゃ、風邪ひくなよ？

＊＊＊

ごめん。しばらく手紙が書けなかった。

東京は梅が終わって、でもまだ桜には少しあるっていう時季だ。さすがにコートじゃ重くなって、ジャケットを引っぱり出して着ている。まあそっちもたいして変わらない気候だろう。

手紙が遅れてしまったのは……なんて言ったらいいのかな。うまく書けないかもしれない。ここのところいろいろと考えることが多過ぎて、纏《まと》まらなくて、かといって素知らぬふりでいられるものでもなくて……。

貴史、子供の頃を覚えてるか？　突然こんな話を始めたから驚いたかな。考えてみれば、昔のことを手紙に書いたことはあまりなかったね。父さんと母さんが別れることになって、僕たちは離ればなれになった。おまえが五歳で僕は十三歳。たった五歳のおまえは、僕が父さんの車に乗ろうとしたとき、それでもなにかを感じたらしくて、僕のシャツの裾《すそ》を小さい手で握りしめて「どこにいくの」と何度も聞いたんだ。

おまえは覚えていないだろう。でも僕にはあの最後の日の、おまえの不安そうな顔が忘れられないんだ。いまだに。

それからの父さんとのふたり暮らしはひどく閉塞《へいそく》的で、息が詰まりそうに辛かった。外面ばかりよくて、エリート意識の強い父さんは、順調なときは強気だけど……一度躓《つまず》くと弱かった。自暴自棄になって、なにもかもがうまくいかなくなった。

謝るよ貴史。

いままで僕は、手紙に嘘を書いたことがずいぶんあった。本当のことを書く必要はないと思っていたんだ。心配させるだけだから。

僕は、長い間父さんに殴られたり蹴《け》られたりしていた。母さんを失った父さんは精神的に不安定になり、酒量が増え、自制を失っていた。僕はいつもとても怖かった。本当に怖かった。でも誰にも言えなかったんだ。実の父親に殴られてるなんて、僕には言えなかったんだよ。

一昨年《おととし》、父さんが救急車で運ばれたとき、僕は祈った。

死んでくれ。このまま死んでくれって。

そうしたら、父さんは死んだよ。肝硬変。酒が祟《たた》ったんだ。祈りは通じたわけだ。

僕たちは不幸な子供だった。おまえもたくさん辛い思いをしたし、いまもしている。時々おまえが書いてくる辛い出来事は、きっとごく一部なんだろう。手紙以上におまえは苦しんでいるだろうと思う。それが僕にはわかる。なのに僕はなにもしてやれない。

こんな手紙を書くことくらいしか。

いったい、幸福というものはどこにあるんだろうか。

最近、そんなことばかり考えているんだ。

どうしてなのかはわかっている。彼のせいだ。

前の手紙で新しいクライアントの話を少しだけしたね。貴史と同じくらいの少年——十八だから法的には少年なんだけど、雰囲気としてはもう青年かな。クライアントの情報を明かすのは御法度なんだけど、貴史が誰に話すはずもないので下の名前だけ書くことにする。

真澄《ますみ》、という。僕は彼を苗字《みょうじ》ではなく下の名前で呼んでいるんだ。

ちょっと驚くくらい綺麗な男の子だよ。どう表現したらいいのかよくわからない。おまえは笑うかもしれないけど……人じゃないみたいだった。俗っぽさがなくて、物語の世界から抜け出てきたみたいな。

痩《や》せてはいるけど、貧相な印象がなくて、むしろ研ぎ澄まされたみたいだ。綺麗な顔立ちをしていて、かといって女顔というわけではない。これだけ整うと男も女もないのかもしれない。しばらく話していてわかったんだけれど、真澄はあまり表情を変えない。だから人間くささがないのかな。冷たい雰囲気とも違う。笑うことはほとんどないけれど、それでもどこか柔らかい感じが残っている。

ああ、やっぱり上手《うま》く言えないな。

真澄は両親と兄を交通事故で一度に亡くした。一年ほど前の話だ。

ただし真澄は養子だったので、この家族と血の繋《つな》がりはない。真澄の養父の親戚《しんせき》筋にうちの教授の同窓生がいて、どうも様子がおかしいので、一度専門家に会わせたいと言ってきたらしい。親戚の間でも、どう扱っていいものか困惑したんだろう。そしてその話が僕のところまでおりてきたわけだ。

確かに真澄は少し変わっているように思えた。

感情表現が少なすぎる。かといってコミュニケーションが取れないわけではない。こちらの言うことはきちんと聞いているし、質問すれば答えるし、いくつかのテストの結果も際だった異常は見あたらない。

親戚たちはおそらく、一種の人格障害……たとえば情性の欠落などを感じたのかもしれない。僕も最初はそれを考えたけど、会ったその日に違うとわかった。

真澄は、感情が欠落しているわけではない。ただ表し方が下手なだけだ。さらに大切なのは、感情表現が下手だからといって、真澄は他者を拒否してはいないということだ。真澄はむしろ、博愛主義者のように来る者を拒まない。だがなにしろ感情表現があまりにも下手くそで、なかなかいい関係は作りにくい。容姿は優れすぎて親しみに欠けるし、どちらかというと無口、そのくせ視線は無遠慮なほど真っ直ぐで、表情があまり変わらない……そういった要素が真澄を周囲から浮いた存在にしているんだ。

どうして真澄が自分の感情をうまく表現できなくなったのか。そこに僕は興味を持った。こういう性格傾向は、たいていい子供の頃に原因が潜んでいるものだ。

だから僕は言った。真澄に子供の頃のことを話してほしいと。

真澄は言った。本当に聞きたいんですか、と。

――話すのはべつに構わないけど。でも全然楽しい話じゃないですよ。聞いたらすごく嫌な気持ちになっちゃうかもしれないですよ？

のんびりした口調で、そんなふうに言った。真澄はゆっくりと話す子なんだ。

僕はかまわないと言った。全部話してほしいと。

そして三日かかって、真澄の十八年間を聞いた。

貴史。幸福とはどこにあるんだろう。僕はそれを知りたい。

いや、幸福とはなんだろう。それはいったい、なんのことなんだろう。いまも頭が混乱している。僕が大学や院で学んだ心理学の知識はまったく役に立たない――というより、それ以前に僕自身に問題があるのだと痛感した。

人の助けになれればいいと思っていた。心の痛みで苦しんでいる人を救いたいと……なんて馬鹿なことを思っていたんだろう。なにもわかっちゃいなかった。

僕が救いたいのは、僕自身だったんだ。

僕は僕を救うために心理学をやっていたんだ、無意識のうちに。そして長い間、自分を騙《だま》していたんだ。真澄とのカウンセリングで、僕はその事実に気がついてしまった。

真澄は不幸な子供だった。かつて僕がそうであったように。

なのに真澄はそのことに対して、ほとんど気にしていないように見える。

自分が不幸だったことに、過去に、囚《とら》われていない。本当に忘れている部分もあるようだ。けれどその喪失は完全ではなく、ある程度の年齢以降の記憶はちゃんと持っている。繰り返される別離や虐待。子供だった真澄は、自分にかかった大きな負荷を、いったいどう処理してきたのだろう。

わからない。信じられない。真澄はどうして穢《けが》れないのだろう。あんな綺麗《きれい》な目をしていられるのだろう。人生を恨まず、他人を恨まず、呪わずに生きていけるのだろう。

そう思ったときから僕は無性に真澄が愛《いと》おしく——同じくらい憎くなったんだ。

＊＊＊

貴史。

真澄にもふられたんで、ひとりで行くことにしたよ。

最後におまえになにを書こう？

さよなら、大切な僕の弟。おまえの幸福を祈ります。

日下部《くさかべ》槙彦《まきひこ》　拝

1

春がきた。

誰との約束も、契約も、証書もなくても春は律儀にやってくる。蕾《つぼみ》が綻《ほころ》び、花が開くための陽光は、強い風とともに訪れる。

感心なことだなぁと思いながら、魚住《うおずみ》真澄は部屋の窓を開けた。今日も風は強い。寝癖のついた髪がもっと乱れる。埃《ほこり》っぽい風に春の匂いを感じて、魚住はかすかに微笑む。春は好きなのだ。

もしも誰かが、いまの魚住の顔を見ていたとしたら、しばらくは目が離せなかったかもしれない。窓から突き出ているその横顔は完璧《かんぺき》なラインを描いていた。風に前髪が流され、滑らかな額が露《あらわ》になっている。そこからやや神経質なほどに形のいい鼻、薄いくちびる、少し尖《とが》り気味の顎《あご》と続いている。

今年修士課程に入り三年目、二十六歳になろうというのに少年の気配が濃い美男子だ。ただし魚住の場合、顔のよさでいい目を見たことは、あまりない。いや、ほとんどない。むしろ、顔がよすぎるがゆえの偏見すら被っている。もっとも、本人は自分の容姿に関しては無頓着《むとんちゃく》だ。顔なんか、ついていればいいと思っている。

マンションの向かいにある公園を眺めているうちに、長い睫毛《まつげ》が目に入った。

ちくちくする。右手の甲で、子供のようにゴシゴシとこすった。

「まーどーしーめーろー」

魚住の背後から、恨めしそうな声が聞こえてきた。

「あ。起きたのか久留米《くるめ》」

「まぁぁぁどぉを、閉めろぉって……へ……」

くしゃみの音が三回続いた。魚住はア、と呟《つぶや》きながら窓を閉め、ソファに転がっている友人に近寄った。

「ごめん。久留米、花粉症だったっけか」

「毎年同じことを言わせるな、バカ」

「いや、なんか久留米に花粉症って、似合わない感じですぐ忘れちゃうんだよ」

「手のひらに書いておけ。小学生みたいに」

昨晩、酒宴が長引いた久留米は、自分のアパートよりも近い魚住のマンションに泊まったのだ。泊めてもらったわりに態度が尊大ではあるが、久留米はいつもこんなものだし、魚住も気にする様子はない。

そもそも、以前は魚住のほうが半年もの間、久留米の狭いアパートに居座っていたのだ。それに比べたらこのマンションは、家族単位で暮らせる面積がある。従って自分が泊まったところでなんの問題もないと久留米は考えていた。ただし、ベッドはひとつしかないのでソファを使う羽目になる。

「あー、手のひらはもう使ってるからダメ。ほら」

冗談、というより嫌みで言ったのに、魚住の手のひらには本当に油性マジックでなにやら書き込まれていた。まさかそんなことを本当にしているとは思わなかったので、差し出された白い手のひらを、久留米は思わず覗《のぞ》き込んだ。

「なんだこれ。AM10／IRMAって」

「午前十時からイムノラジオメトリックアッセイ」

「今村のラジオめ？」

「イムノ、ラジオ、メトリック、アッセイ。んーとね。抗原にラベリングする実験」

魚住は大学院で免疫研究とやらに携わっている。

「へーえ。なんかわからんけど。それが何時からだって？」

久留米は普通のサラリーマンなので魚住のやっていることはまったくわからないし、興味もなかった。

「十時」

「いつの？」

「今日のだけど？」

魚住はそう言いながら、いつも通りのどこか呆《ほう》けた顔で久留米を見た。

しばらくふたりは見つめ合い、沈黙が流れる。

やがてゆっくりと久留米は自分の左腕を動かす。

休日でも外さない腕時計を、ぼんやりしている魚住の目の前にかざす。

「……あッ」

途端に魚住がソファの脇から立ち上がり、弾《はじ》かれたように洗面所に走った。

久留米の時計は九時三十八分を示していた。ここから大学までは急いでも四十分はかかってしまうはずだ。

「バカだねーおまえ。のんびり花粉だらけの空気なんか吸ってっからだよ」

滅多に走らない魚住がバタバタと支度をしているのを、面白そうに久留米は眺めている。土曜日なので久留米の仕事は休みなのだが、大学の研究室は違う。魚住を見ている限り、休みは不定期なようだ。

それにしても、慌てている魚住というのは見ていて楽しい。なにしろ日頃はマイペースも甚だしい男である。べつに悪気があるわけではなく、単に周囲の人間の平均ペースというものが摑《つか》めないだけなのだが、とにかく慌てるということはない。従っていま見ている魚住は大変なレアものだ。

――バカみてぇ。あーあ、シャツがズボンから出てるじゃねぇか。髪の毛跳ねっぱなしだし。せっかくあんな上等な顔してんのに台無しだよな。ほんとガキみたいで……。

可愛いよな、と最後に思ってしまった自分に動揺して、久留米は顔をしかめた。

またくしゃみが続けて襲ってくる。早く薬を飲まないと、そのうち鼻水が華厳《けごん》の滝のように流れだすだろう。

「いってくるー」

「あー」

玄関から飛び出していった魚住の背中が、寝起きと花粉でぼやけた久留米の視界で、残像になって揺らめいていた。

結局三十分遅刻した魚住は、その日ペアで実験を行うことになっていた荏原響子《えばらきょうこ》にみっちりと説教された。

最近、響子は魚住に厳しいのだ。

「遅刻なんて論外よ、魚住くん」

「うん……ごめん、なさい」

「あなた昔っから……あたしとつきあってた頃からそうだったけど、時間にルーズっていうか、時間の観念がないっていうか、自分だけの時間で生きているって感じだけど、そんなんじゃダメよ」

「うん」

「悪気がないのは知ってるけど、悪気がないってのが一番手に負えないんだから」

「うん」

魚住は反省し、ひたすら素直に頷《うなず》く。響子も怒っているというより、指導しているような口振りである。

横で聞いていたオーバードクターの濱田《はまだ》がクスリと笑いを漏らした。

「なんですか濱田さん。いま笑ったでしょ」

響子が春の新色を載せたくちびるを尖らせた。艶《つや》やかで軽いピンクが白い肌によく似合っている。

「ハハ。いや、なんか荏原さん、魚住くんのお母さんみたいだから」

「あたしこんな大きい子供産めませんよ。裂けます」

なにが裂けるの、とは聞かずに濱田はただ苦笑する。

「とにかく、魚住くんは罰として、おやつの時間に伊勢屋《いせや》のタイヤキを買ってくること。わかった？」

この研究室では午後三時に、おやつの時間というものが設定されている。

もとはといえば響子が勝手に始めたのだが、すぐにみんな同調した。長時間頭脳労働をしていると、甘いものが欲しくなるらしい。それは魚住も感じていた。濱田に言わせると、糖分の摂取はストレス発散の方法のひとつらしい。いまでは部屋にこもりきって細かい仕事をしている研究者たちの、ささやかな楽しみとして定着している。

「うん。わかった。響子ちゃん、自転車貸してくれる？」

「いいわよ」

響子は自転車通学なのである。タイヤキの美味《おい》しい伊勢屋までは、歩くとかなり遠い。その後は魚住もスムーズに予定をこなし、昼食は濱田とともに学食に赴いた。濱田は外で食べようと提案したのだが、魚住は学食のコロッケカレーが食べたかったのだ。

学食は混んでいた。

新入生がまだ慣れない調子で行ったり来たりしている時期である。その混雑の中でも、ふたりの姿は目立つ。濱田も魚住も、特に女子学生の間では顔が売れている。両者とも際だって容貌《ようぼう》が整っているからだ。離れた場所から、濱田センセェ〜、と手を振る女子学生もいる。非常勤講師としていくつかの授業を持っている濱田は顔見知りが多く、あちこちと軽い挨拶《あいさつ》を交わす。

「人気者ですね濱田さん」

「そりゃそうさ。顔がよくて講義の質も高い講師なんてそういないからね。おまけにフェミニストだ」

「……フェミニストってなんですか？」

「ん？　ああ、知らなくてもいいよきみは。はい、牛乳飲みなさい」

「はあ」

どういうわけか魚住は、いつも紙パックの牛乳を濱田に与えられる。黙って飲んではいるが、小学生になったような気分だ。それでも牛乳は好きなので、毎回受け取ってしまう。

「しかし、荏原さんのさっきのセリフはなかなか面白かったな」

「さっき？」

　魚住が首を傾げる。

「きみに『自分だけの時間で生きている』って言ってたじゃない。あれはわかるねぇ」

「自分だけの時間？」

「どうもきみの時間の流れ方は、周囲と違う感じがするっていうことだよ」

　濱田は肉うどんにやたらと七味をかけて説明する。

「まあ時間の概念なんていうのは、実はものすごく個人的なものなんだから、ひとりひとり違うんだけどね。でも少なくとも普通に暮らしている限り、自分と周りは同じ時を刻んでいるって、錯覚しがちじゃないか」

「錯覚……なんですか？」

　魚住がコロッケを潰《つぶ》してカレーと混ぜながら聞いた。ぐちゃぐちゃである。お世辞にも綺麗《きれい》な食べ方とは言えない。

「ある意味、錯覚だよ。ほとんどの人が朝起きて昼間は仕事してるから、なんだかみんな同じに時間が流れているんだと思ってしまうだけ。夜、寝ている間はアッという間だとたいていの人は思うわけだけどさ、夜の商売の人なんかはその間起きて働いている。その両者の時間が同じなわけがない」

　ない、だろうか。

魚住はそんなことを考えたこともなかったのでよくわからない。

「はあ……じゃあ、時計がみんな同じように動くっていうのは……」

「そりゃ刻み方を均一化しただけだよ、地球の自転を目安にして……ちょっとホラ、こぼしてるよカレー」

「んあ」

魚住の薄いブルーのシャツにカレーの染みが点になっている。

「おれ……カレー食べてると、ゼッタイに跳ねちゃうんですよね」

「きみスプーンの持ち方、なんか変だもの」

濱田は可笑《おか》しそうに魚住を見る。染みのついた胸元を引っ張って、魚住は困ったのと悲しいのがごっちゃになったような顔だ。

「大丈夫、その程度なら中性洗剤で落ちるよ。で、話の続きだけど」

「はあ」

「本当の意味での時間っていうのは個人の内部にしか存在しないってのが、僕の持論。だって時間を感じられるのは、本人自身だけだからね。普段は、ただの刻み、つまり単位である時計のほうをみんな本当の時間だと信じて生活している。それは暗黙のうちのお約束事で、それに則《のっと》っていると、確かに社会的な生産性はいい。だから時間を守るということは大切な約束事になってくる。特に日本は時間を守らない人間に対して厳しいお国柄だね。でもきみには……」

うどんを食べ終えた濱田は、割り箸《ばし》を食器のふちにぱちんと置いた。スラックスのポケットから、赤いギンガムチェックのハンカチを出して口を拭《ぬぐ》う。

「きみには、そういう世間の約束事的な時間の観念が希薄なんだね。僕らがあくせくと追っている時計の針を、全然見ていないという気がする」

「……えっと。ごめんなさい」

魚住がスプーンを握ったまま頭を下げて、謝った。

「ああ、違うよ。いまはべつにきみを叱っているわけじゃない。まあ時間厳守は大切だから、これから気をつけてくれればいい。そういう話ではなくて、なんて言ったらいいのかな……きみの……」

言葉を切ったまま、しばらく魚住の顔を眺める。

どうして魚住には時間という檻《おり》が感じられないのだろう？　濱田はそれを考えていた。午後はどうしよう。明日はなにをしよう。一年後は。十年後は。そういう焦りや、あるいは期待が、人を時間の檻に閉じこめる。誰もがこの檻に住んでいるのだ。逃げ出すことはできない。気でも狂わない限りは。

だが魚住はその檻の外にいるように見える。

「濱田さん？」

「うん。まあ……いいや。ところで魚住くん」

「はい」

やっとカレーを食べ終えて魚住が牛乳を飲む。パックの内部に落ちそうになるストローを噛《か》んで留める。

「久留米くんとはもう寝たの」

ズー、と牛乳を吸い込んだ途端の濱田の言葉に、魚住の動きが止まった。

ストローを銜《くわ》えたまま、上目遣いで濱田を見る。

濱田はいたって真面目な顔をしていた。

「寝……てません」

「なんだそうなのか。進展ないのか」

「おれと久留米はそういうんじゃないから」

「そういうのって」

「久留米はゲイじゃないし」

「きみだってそうだろう」

「はあ。まあ」

「だから性的指向の問題じゃないんだよ」

魚住と久留米は大学時代からの友人であり、一時は同居もしていた。同居というより、魚住が勝手に居候していたのだ。

「もう、あっちは……」

濱田が声のトーンを落とした。

昼休みのピークは過ぎているが、食堂にはまだ学生の姿がちらほら見える。

「治ったんだろう、きみ？」

「ああ……ええ」

あっち、というのは魚住の性的不能のことを示している。魚住は味覚障害だの拒食だのインポテンツだの、そういったいわゆる神経症の類《たぐい》に事欠かない性質なのだ。しかもそれが無自覚に進んでいる場合が多いので、そばで見ている人間はイライラ、もしくはヒヤヒヤすることになる。

「じゃあ久留米くんとできるじゃない」

「できないですよ。向こうにその気がないんだから」

「聞いたの？」

「……聞いてないけど。見てればわかるし」

魚住がやや口籠《くちご》もる。

「きみも久留米くんも、そういうことには鈍そうだからなぁ」

濱田がはっきりと言う。魚住は反論しようとしたが、少し考えてみて、濱田の言う通りだと自覚した。

「だいたいきみはまともに恋愛したことないだろう？　ずいぶんといろんな女の子とつきあってたみたいだけど、どれも短期間で終わっちゃうみたいだし」

「よく知ってますね」

「荏原さんから聞いたからね。一番続いたのが彼女とだっていうじゃない。しかし、ふっきれた女の子っていうのはスゴイね。実に冷静に過去の自分を分析する。男にはできないなぁ。あの変わり身は」

「響子ちゃんが」

「そうそう。きみは自分から女の子にアプローチしたことがないそうじゃないか。全部向こうからのアクションで、きみはそれを断ることがないらしいな」

「断る理由はないから。おれを好きだって言ってくれるのに」

「……それは違うんだよ、魚住くん。恋愛ってそういうものじゃない。やっぱりきみは本物の恋愛は未経験なんだな。マリさんも言ってたぞ。今回のが、きみの初恋じゃないかって」

「マリちゃん？」

マリは魚住と久留米の共通の友人であるが、住所不定で放浪癖のある女であり、仕事もちょくちょく変えてしまうので居所が摑《つか》めない場合が多い。向こうから連絡があるまでは連絡しようがないのだが、それでも縁が切れてしまうことはなかった。

「マリちゃん生きてたんだ……」

「なんだやっぱり連絡ないのか。僕が会ったのは——ほら、きみが風邪をひくちょっと前だよ。もう二か月くらいたつんじゃないか？　ヒヨコみたいで可愛かったぞ」

「ヒヨコ？」

「黄色いフワフワのコート着てたんだよ。それにしても彼女のような人こそ、携帯電話が必要だよねぇ」

「濱田さん、マリちゃんと連絡取りたいんですか？」

「いやそういうわけじゃないけど」

「じゃあそのうちひょっこり現れますよ。うん。マリちゃんは……待たれるのが好きなんです」

「待たれるのが好き？」

魚住は牛乳パックを畳みながら頷《うなず》く。

「そう。始終連絡取り合って、お互いを確かめ合って、安心し合うのはイヤなんだそうです。いつ来るのかわからない、もしかしたらもう二度と会えないのかもしれないと思っても、自分を待っていてくれる。そういうのがいいって」

「へえ。そりゃまた意外にロマンティストというか」

「ロマンティスト、かなぁ？」

濱田が煙草を吸うために、ふたりは喫煙スペースに移動する。

「ロマンティストじゃないか。私をいつまでも待っていて……っていう乙女心」

「あ。そういう見方ですか……いいな、そのライター」

「もらいものだよ、ほら」

銀色をしたアンティーク調のライターを手渡すと、魚住はそれをしげしげと眺めた。

火をつけてみたいようだが、上手《うま》く扱えず石から火花が出るだけだ。何度か試しているうちに、指先が痛くなってしまったらしく、眉《まゆ》を少し寄せた。

濱田は魚住に煙をかけないように注意しながら、食後の一服を楽しむ。

「で、きみはどういう見方をしたわけ？」

「ああ。おれは……マリちゃんはリアリストだと思いましたけど。毎日会っている人だって、ある日突然いなくなったりすることは、よくあるから」

「突然いなくなるかい、普通？」

「だってほら」

魚住が、ぼんやり漂わせていた視線をスイと濱田に向けて、目を合わせた。

「急に死んでしまったり。ね」

濱田は返事をしそこねる。

自分に近しい人間が突然死んでしまうという事態は、確かにあり得ることだが、そう頻度の高いものではない。特にまだ若いうちは滅多に遭遇しないはずだ。

だが魚住は……いったい何度、そういう場面に立ち会ってきたのだろう。

両親と兄を事故で亡くしたことは濱田も知っている。その家族と魚住に血の繋《つな》がりがない事実は、先だってマリから聞くまで知らなかった。魚住は孤児で、事故で亡くなったのは養子先の家族だったのだ。

きみの過去は、いったいどうなってるんだい？

その質問を、濱田は口にできない。無遠慮だろうという配慮というよりも、いくらかの怖さを感じていたからだ。この、のほほんとした顔をしている青年が背負っている過去の重さと暗さを、自分は直視できるのだろうか。

魚住は使うわけでもないライターを、新しい玩具《おもちゃ》を持った子供のように、いつまでも弄《いじ》りまわしていた。


その午後、実験の待ち時間を利用して、魚住は伊勢屋へと走った。

風を切って颯爽《さっそう》と——は、していない。

小柄な響子の自転車はサドルが低い位置に設定してあるので、それなりに上背のある魚住にはこぎにくい。それならばサドルを調節すればいいのだが、その方法がよくわからない。魚住は実用的かつ日常的な機械・器具の扱いに弱い。コンピュータや実験に使う機器は扱えるのに、蛍光灯の取り替えはできない。細胞組織を薄く切ることはできるのに、洗濯機の予約の仕方はわからない。そのあまりの生活能力の低さに久留米は呆《あき》れ、マリは大笑いする。

合わない自転車で時折よろめきながらタイヤキを買って、再び不安定な運転で大学にもどったのは午後三時半だった。

途中で信号待ちをしながら一個食べてしまったことは内緒にしておこうと考える。口の端にアンコがついていることに、自分では気がついていないのだ。温かいうちにと、いつもよりは急いで研究室へと階段を上る。少し走ったら目眩《めまい》がした。

「ただいま。はい、これ」

「わーい。ありがと魚住くん。そっちにお茶が入ってるわよ」

嬉《うれ》しそうに出迎えてくれた響子に口元のアンコを拭《ぬぐ》われて魚住はやや慌てる。タイヤキを渡して、自分はシンクにお茶を取りに行った。

魚住たちが主に使っている日野《ひの》講座第一研究室には、出入口が二ヶ所ある。階段に近い手前側から入ると、日野教授とその秘書、さらに濱田のデスク、加えてパーティションで仕切られた小さな接客スペースになっている。奥のほうの引き戸は主に学生・院生が出入りするのに使われ、入るとすぐに一般的な実験用のスペースになっていて、壁際には各種機器とコンピュータが数台設置してある。一見ふたつ部屋があるように感じられるが、実際は本棚で仕切られているだけのひとつのスペースだ。

突き当たりの窪《くぼ》んだ場所には、湯沸かしとシンクが設置されていて、お茶くらいは淹《い》れられるし、カップラーメンの作成も可能だ。さらに奥は洗浄室と、P2レベルの培養室に繋がっている。奥に行くほど管理は厳重になり、一般学生は許可なく入れない。

魚住がビーカーに入っていたお茶を漉《こ》しながら、自分のマグカップに移していると、濱田のよく通る声が耳に入った。

「魚住くんですか？　ああ、いま向こうにいますよ」

誰か自分に来客だろうか。

マリちゃんかな、と一瞬思ったが、濱田のいまの対応ではそれはないだろうと思い直す。マリはもうここでは顔パスのはずだ。かといってほかに、自分を訪ねてくる人間などほとんど思いつかない。

マグカップを片手にシンクから離れると、濱田に伴われた客人と思《おぼ》しき人物がこちらに歩いてくるところだった。白衣を着た濱田は長身で、後ろの人物も比較的背が高い。

春らしいとは言い難い、暗い色のジャケット。

一瞬黒かと思うような濃紺。胸にはエンブレム——この大学の紋章だ。こういうものを着ている学生は今時とても珍しい。魚住の中で記憶の箱がコトリと動く。

濱田が魚住を示しながら、横に移動して通路を空ける。

春の光が研究室のくすんだ窓から入り込んでいる。空中を舞う埃《ほこり》をキラキラと反射させながら、光はその男にまといつく。

男が、俯《うつむ》き加減だった顔を上げた。

「真澄」

魚住の名を呼んだ。笑っている。かすかに。

魚住の手からマグカップが滑り落ち——足元で音を立てて、砕けた。

2

『とにかく僕はね、あれだけ動揺した魚住くんを初めて見たんだよ』

「だからなんなんです？」

『だってねきみ。いつもなにがあったって、あの綺麗《きれい》だけど、どこまでーも、ぼんやりした顔してる魚住くんが、マグカップを落としたんだよ。それくらい驚いたわけだ、その男の顔見て』

「あいつは口元とか手元とか頭とかがユルイんですよ。食器なんか、しょっちゅう落っことして割るんだから」

『今回のは、そういうのとは違うと思うけどね』

「だからってねぇ、濱田さん。そんなこと会社に電話してこられたって困ります」

久留米はデスクで禁煙用パイプを銜《くわ》えたまま、受話器を持つ手を替えた。最近、オフィス内の喫煙は全面禁止されたのだ。

『まあ、それはそうなんだよな』

濱田はわかってしていているらしい。それはそれで問題だ。

「こっちは時間ナンボで会社に拘束されて働くサラリーマンなんスよね。親でも死んだならともかく、魚住がマグひとつ落としただけでしょうが」

はす向かいの女子社員が、身振りで久留米宛ての外線が入ったことを知らせる。

『ああ、すまない。確かに常識はずれだったね。でも、近いうちに様子見に行ってくれないかな』

素直に謝られると弱い。退《ひ》いている相手に追い打ちはかけられない。久留米はそういう性格である。

「わかりましたよ。近いウチ、近いウチにね。じゃ、ほかの電話入っちゃったんで」

電話を切りながら、そういえば今夜の便で北海道に出張だったことを思い出した。一週間の予定である。しかしまあ、殺人鬼や幽霊が訪ねてきたわけでもあるまいし、大丈夫だろう。まさかこんなことで出張を取りやめるわけにもいかない。発熱した幼児を抱える父子家庭ではないのだ。

だいたい、濱田は魚住をかまい過ぎる。いったいあのふたりが、どういう関係なのかも久留米には不思議だ。ただの先輩後輩とも思えない。だが魚住にそのへんの事情を聞くわけにもいかない。いかなくはないが、どうにも聞きにくい。

久留米はもやもやした気分を抱えたまま、それでも営業ボイスに切り替えて、次の電話に出た。

研究室のある棟は、大学の敷地内、南のはずれに位置している。

正門からは遠く、銀杏《いちょう》並木をしばらく歩かないとならないが、裏門からだと比較的近い。裏門へ続く道には桜の樹ばかりが植えられており、春には入学式の記念写真の背景としてよく利用されている。

「ああ、これが例の桜か。兄貴がよう手紙に書いとった」

エンブレムのついたジャケットを肩に担ぐようにして、男がほとんど葉桜になっている樹々を見上げた。もう片方の手には旅行鞄《かばん》を持っている。鞄の口から、入りきれていない大きな帳面――スケッチブックのようなものが覗《のぞ》いていた。

「絵を描くの？」

「遊び程度にな」

そう答え、隣を歩く魚住を見た。

「あんた、さっきはホンマ驚いとったな。一瞬やったけど」

「驚いた。幽霊なのに脚があるから」

魚住は大真面目にそう答えたのだが、男は笑う。

「なんやそれ。普通は幽霊が出たことに驚くもんや。幽霊の脚があるとかないとか、そういう問題とちゃうやろ――あんた、変わっとるなぁ」

立ち止まり、煙草を銜える。魚住も止まってその様子を眺めている。フィルターを噛《か》むクセが、久留米と同じだなと思った。

「本当に似てるね。日下部先生に」

「双子みたいやろ？」

「うん……それ、先生のジャケットだ」

「形見にもろてん。いつもこればっかし着てたらしい。肘《ひじ》ンとこ抜けそうや」

煙は春風に翻弄《ほんろう》されて、不思議な模様を描く。その向こうにいる男は日下部貴史という名だと、魚住はついさっき聞いたばかりだ。魚住がこの大学に入る直前の春休みに受けた、カウンセリングの担当者——日下部槙彦の弟だという。

「似てる言うてもな、おれは兄貴の顔は写真でしかよう知らんし」

似ている。魚住は日下部貴史の顔をまじまじと見た。頬骨が高く、顎《あご》がしっかりとしている。ややきつい眦《まなじり》。全体的には、優しげというよりは精悍《せいかん》である。

そういう外見に反して、槙彦はもの静かな落ち着いた男だった。当時十八歳だった魚住にはそう感じられた。少なくとも最初のうちは。

「きみのことは、たまに聞いてたよ。先生から」

「へえ」

「弟が大阪にいるって。おれと同じくらいの年で、理由があってずっと離れて暮らしてるけど、手紙のやりとりをしているって」

「離れとる理由、言うてたか？」

「言ってなかった」

「離婚しよったんや、親が。おれらは仲良く半分こや。おやつのケーキかっちゅうの」

貴史が僅《わず》かに口元を歪《ゆが》めた。笑ったのかもしれない。

「こっちもあんたのこと手紙にあったで。えらい長い手紙やった。真澄真澄ってあんたのことばっかしや。初めて抱いた女みたいに、あんたのことばっかし」

ふぅん、と魚住は特に表情も変えずに貴史を見続ける。きつい視線ではないが、魚住には相手を凝視する癖がある。

一方の貴史も視線を逸《そ》らさない。値踏みするように魚住を見る。

日下部槇彦が魚住の前から消えてから、八年だ。彼は弟への手紙で、魚住のなにを書き綴《つづ》ったのだろうか。

「なぁ」

貴史が煙草を踏みつけながら魚住に言った。

「あんたが——兄貴を、殺したんやろ？」

魚住は顔色を変えることもなく、貴史に捨てられて踏まれて、平面になってしまった吸い殻を無言で見つめていた。

＊

日下部貴史が魚住を訪ねてきた翌日の夜、久留米は札幌市中心部を歩いていた。

さすがに北海道はまだ冷える。だが東京よりは花粉が少ないようで、その点久留米には快適だった。宿泊先のビジネスホテルはもうすぐそこだ。

出張の二日目である。夜、魚住に電話を入れるために、酒宴を早めに退出してきた。東京と違って広々した道を、大股《おおまた》で歩く。昨日は到着が夜だったうえに、支社の連中の歓待にあって浴びるほど飲まされてしまった。

べつにあの程度のこと、気にしなくたっていいのだ、と久留米は思っている。思ってはいるものの、本当に気にしないでいられるものでもない。

自分が天邪鬼《あまのじゃく》であることを、久留米は最近認識し始めている。

魚住に関することも、いろいろと考えた末、あーもう、どうでもいい、という結論に達するのが常だが、それもやはり真実の裏返しである。どうでもいいわけがない。魚住という男に関して、久留米はある種の執着を感じているのだ。元来考え込むタイプではない久留米は、最近この手の問題で行き詰まってしまい、とうとう酒の勢いがないと魚住のマンションに行けなくなってしまった。

口が裂けても魚住には言えない。

ふたりきりになるとどうしたらいいのかわからなくなるだとか、魚住の口元や、うなじや、そういうところをついついじいっと見てしまうなどとは、耳まで口が裂けたって言えやしない。

ホテルに着くと、備え付けのデジタル時計は午後十一時を示していた。

この時間ならば魚住はまず部屋にいるはずだ。たまには実験で徹夜になることもあるようだが、そうだったら仕方ない。

コール音三回。

かちりと回線が繫《つな》がる。

いたか、と少し安堵《あんど》し、安堵した自分がどうにも恥ずかしくて、久留米はつい無愛想な声になる。

「よう。起きてたか」

『……誰や』

かけ間違えたか？

「魚住さんのお宅では？」

『そうですけど。あんた誰？』

誰やと言うおまえは誰や。久留米は思わず言い返しそうになった。

「魚住真澄はいないんですか」

『いまフロや。で、あんたは？』

どうして関西弁というのはこうカチンとくる響きなんだろう、久留米は自分の口のぞんざいさを忘れて呆《あき》れる。

「おれはあいつの友人だけど。そっちは？」

『まあ、居候やな』

はあ？　居候？

「聞いてないぞそんなこと」

本当は心の中の声にするはずだったのに、つい発声してしまった。

『聞いてないとあかんのか？　なんか問題があるんか？　ここは真澄のウチやろ？』

――ますみ？

その瞬間、久留米の胃液がじわっと酸性に傾いた。相手のセリフの内容に関してではなく、真澄、というその呼び方に反応してむかついたのだ。不快感。および焦燥感。久留米の知る範囲では、魚住を下の名前で呼ぶ人間はいない。

「もしかして……親戚《しんせき》の人かなんかか？」

『ははは。面白い冗談やな。真澄に親戚なんぞおるんか？　孤児に親戚が？　ああ、まあ血の繋がらん親戚ならおるかもしれんなァ』

「え？」

いまのは、魚住が孤児である、ということなのだろうか。

電話の向こうで舌打ちが聞こえた。

『なんや。あんた知らんかったんか。やけに親しそうやったから、承知かと思うたわ。とにかく、おれは親戚やらちゃう。ああ、真澄が出てきよった。おい、電話や』

相手の早口に言葉を割り込めないまま、久留米は少し混乱していた。

魚住のマンションに男がいる。その男は魚住を真澄と呼ぶ。

そして魚住が孤児だとか言っている。

これはいったい、どういう事態を示しているのか。

『もしもし？』

「ああ」

『久留米。どうしたの。アパート？』

「いや出張先だ。札幌」

『へーえ。ラーメン食べた？　美味《おい》しかった？』

「食った。まあまあ。おれは九州のトンコツのほうが……それよりいまの誰だ？」

『ああ。日下部貴史くん』

「なんだそいつ」

『なんだって……。日下部貴史くんは日下部貴史くんだよ』

「バカ。おまえとの関係を聞いてるんだよ。友達か？」

『友達……では、ないような……』

間の抜け具合は相変わらずのようだ。

少し離れた場所から、いまの男の声で『真澄、ちゃんと着ろや、風邪ひくぞ』などと言っているのが聞こえる。またしても久留米の胃のpHバランスが異常を訴える。頭まで熱くなってきた。魚住はあの身体を、晒《さら》しているのだろうか。白い、どうにも痛々しい、線の細い裸体がフラッシュバックする。

「おい。魚住」

『うん』

なんの用件で電話したのか、もう思い出せなくなっていた。

「そいつ泊まってるのか」

『うん、泊まるところないっていうから』

「どういう知り合いなんだ」

『昔おれがお世話になった人の弟。昨日大学に訪ねてきたんだよ』

「……マグカップ割ったやつ？」

『あれ。なんで知ってるの？　でもちょっと違う、カップ割ったのはおれ。おれが自分で落っことしたの』

そういえばそうであった。

『あんまりお兄さんに似てるからさ。びっくりして……あのさ、久留米、いつ出張から戻る？』

「ああ？　五日後だな」

『五日後』

それはやや沈んだ声のように、久留米には聞こえた。

なにか、変だ。微妙に。行き慣れた魚住の部屋に、知らない男がいるせいだろうか。

違う。それだけではないように思える。

妙に——嫌な感じがするのだ。

「おまえ大丈夫か」

『え。なにが？』

なにがだろう。聞いている久留米にもよくわからない。

「いろいろとだ。全部だ。大丈夫か」

『ええと……うん……うん。大丈夫だよ』

魚住もたぶんよくわからないままに返事をしているのだろう。

それでも大丈夫だと言った。そう言われてしまえば、これ以上なにを話せばいいのか久留米にも見当がつかない。とりあえず魚住は生きている。そして久留米には明日も仕事がある。

だから、じゃあなと電話を終わらせた。

最後に、魚住が掠《かす》れた声で、ウンおみやげね、と言った言葉がいつまでも耳にぶらさがっていた。

＊

「もうええのか？　短いラブコールやな」

「久留米は友達だよ」

バスタオルを頭から被《かぶ》ったままの魚住が言った。下はパジャマを着ているが上半身は裸のままだ。寒さを感じて、慌てて上も着る。風邪をひいたら大変だ。でも、また久留米が看病してくれるなら、ちょっといいかもしれない、などと思う。

「へえ。あんたにも友達がいてんのか。人殺しにも、友達はできるもんなんやな」

ソファに寝そべった貴史が棘《とげ》のある笑みを浮かべる。

「おれ、もう寝るから。昨日もほとんど寝てないし」

「あかん」

「おれ明日も大学なんだよ。学会準備に入ったから忙しいんだ」

「あかんて。寝かさへん。こっち来いよ真澄」

寝室に行きかけた魚住は、黙って立ちつくしている。眉間《みけん》に皺《しわ》を寄せて貴史を見た。

「おれの話は終わっとらんし、兄貴の話もまだやろ？」

魚住がごく小さな溜息《ためいき》をつく。無言で貴史のいる方へ移動する。前髪から、拭《ぬぐ》いきれていない雫《しずく》が落ちて頬を濡《ぬ》らす。

「ええ子やないか、真澄」

貴史が薄く笑い、自分の前に来た魚住の、湿った首筋に指を当てた。

＊

翌日、研究室は静かだった。

人がいないわけではない。

日野教授は奥の自席に引っ込んでいたが、実験室では濱田と響子が端末に向かってデータの打ち込みをしているし、伊東《いとう》慶吾《けいご》は魚住のすぐ横にいる。普段は軽口の多い伊東だが、実験中はいたって真面目だ。歳は魚住より下だが、この研究室に入ったのは魚住のほうが後であるため、なにかと教わることも多い。もちろん逆に、魚住が伊東に手を貸す場合もある。コンピュータに関する仕事や、英語に弱い伊東のために論文のチェックをしてやったりする。

暖かい春の陽射しを魚住は白衣の背中に感じていた。この研究室は日当たりがいい。

眠い。

たまらなく眠かった。

「魚住さんロケットの高さどうです?」

「え?」

「抗原の濃度ですよ。どうしたんスか。ポーッとした顔して」

伊東が人懐こい笑顔を見せる。

「ああ、ごめん。ええと。うん、陽極に移動。測定値は……」

くらり、と魚住の視界が揺れた。

「ちょっと……待って……ごめん」

そのまま蹲《うずくま》る。立っていると倒れるかもしれないからだ。

「魚住さん？　だ、大丈夫ですか」

頭の上から伊東の声がする。離れた場所からも、誰かが近づいてくるのがわかる。これだけ意識がはっきりしているということは、たいした貧血ではない。ただの立ちくらみだろう。

「だいじょぶ……ちょっと眩《くら》んだだけ。ここんとこ寝不足で……」

「睡眠不足はよくないぞ魚住くん」

濱田の声だ。

「魚住くん？　少し休んだほうがいいんじゃないの？」

これは響子の声である。すぐ近くから聞こえる。ゆっくりと顔を上げると、目の前に心配げな響子の瞳《ひとみ》があった。自分も屈《かが》んで魚住に視線を合わせているのだ。

「ん。大丈夫だよ響子ちゃん」

響子の手に自分の手を重ねて、魚住はゆっくりと立ち上がらせてもらった。あらためて手近な椅子に腰掛け、大きく息をする。視界は常態に戻った。

「すごいクマ。魚住くん、色白だから目立つのよね。不眠気味なの？」

「そんなことはないけど」

「規則正しい生活をしなさい。特にきみは虚弱なんだから。ほら、コーヒーでも飲んで一息入れてきていいよ魚住くん。ただし十分。僕たちは仕事に戻ろう荏原さん」

濱田はその場をそう仕切って、再びコンピュータ前に戻っていった。魚住の世話を焼くのは嫌いではない濱田だが、仕事に対する姿勢は厳しい。響子はまだ心配げな顔をしていたが濱田に従う。確かにやらなければならない仕事は山積みなのだ。

「魚住さん、休んできてください。僕はひとりでも大丈夫ですから」

気を遣って伊東はあえて明るく言ってくれる。

「いや。もう平気。これやっちゃおう」

「でも魚住さんこの後レジュメの英訳もあるんでしょ？　無理しちゃだめですよ」

「ん。じゃあコーヒーだけ飲んですぐ戻る……今日はちゃんと寝るから」

「そうしてください。せっかくのビボーがだいなしっスよ？」

その言葉に甘えて、魚住は研究室を出ると、一階の自動販売機に向かった。

いつもは怠《だる》くて仕方ない階段も、いまは気分転換になる。身体に感じる振動が寝ぼけた脳を活性化させる。ただし帰りの上りはきついだろう。

伊東にはああ言ったものの、今夜ちゃんと眠れるという保証はどこにもない。

昨日もほとんど寝ていない。一昨日《おととい》は二時間くらいは眠っただろうか。

魚住はこの二日まともに眠っていないのだ。それはつまり、日下部貴史が魚住のマンションに居座っているからである。

貴史は魚住を眠らせてくれない。

一晩中、話している。

そして魚住にもつきあうことを強要する。そうする義務があるだろうと言う。本当にそうなのか魚住にはよくわからないのだが、絶対に違うという確信もなく、結局、従ってしまう。

貴史は語った。

槇彦と貴史が離れて暮らさねばならなくなった経緯の詳細。槇彦が出し続けた多くの手紙について。ほんの小さな事柄までいちいち貴史は語った。子供の頃に別れて以来、実際には会っていない兄について、魚住にいろいろ尋ねもした。その容貌《ようぼう》。気性。話し方。癖。あまりの眠気に負けて、魚住の頭がカクンと落ちると、あろうことか貴史は魚住をひっぱたく。

パン、と横面を張られた時にはさすがの魚住も驚いた。殴られるとは思っていなかったからだ。

魚住は暴力が嫌いだった。大嫌いだった。あまりに嫌っていたために、この世の中に暴力などというものがあることを考えないようにしていたくらいだ。

叩《たた》かれた頬が熱かった。毛細血管の血がたぎっている。それでも魚住が反撃することはなかった。ただ貴史を見た。いつもよりも深い皺を眉間に刻んで、自分に手を上げた男を凝視した。

貴史は、笑っていた。冷たい目をしたままの笑みに魚住はなにを言ったらいいのかわからなくなった。言葉が通じない気がした。

「あかんよ真澄。寝たらあかんて。ほら……ちゃんと教えてや。兄貴といつもなにを話してたん？　なんで兄貴は死ななあかんかったん？　なんであんたは、兄貴を見殺しにしたんや？」

わからないそんなこと。

眠い。

眠りたい。泥に沈むように。

魚住はなにも答えず、虚《うつ》ろに貴史を見続けた。

「なんですぐ黙るんや」

貴史の手が魚住の小さな頭を掴《つか》んだ。ぐらぐらと揺すられる。

「大学院まで行っとるこの頭は飾りか？　ああ？　さあ話せや真澄。あんた兄貴になにをした？」

「……なにもしてない」

頭を揺する手をなんとか振り払い、魚住はそう答えた。それは本当のことだった。

「ふうん。なにもしてない、か。残酷な奴やな。おれの兄貴を追いつめといて、なにもしてない、自分は悪ない、か」

追いつめたのだろうか。魚住は貴史の向こうに槙彦の幻を見る。それはすぐに消えてしまう。あの静かな口調。優しい声。きちんと襟までボタンを留めたシャツ。いつも同じジャケット。

でもう死んでしまった。もう死んだからいない。

眠りたい。魚住は心からそう思った。

ふと久留米のことが思い浮かんだ。あの狭いアパートでの安息。せんべい布団での穏やかな眠り。時折感じる久留米の匂い。

「——痛ッ」

今度は耳を思い切り引っ張られた。鼓膜がピッと鳴く。

「寝るなって言うてんのになぁ？」

貴史は加虐的に笑った。自分は日中眠っているのだろう。元気なものだった。

今夜もあの調子でやられたら、明日には倒れてしまう。鈍い鈍いと周囲から言われる魚住にもそれくらいはわかる。なんとかしないといけない。缶入飲料の自動販売機に寄りかかりながらそう思った。

手にしている滅多に飲まないブラックコーヒーはひどく苦く感じられて、魚住に悩ましい顔をさせていた。

＊

「今日はもう寝る。絶対に寝る。話にはつきあわない」

その夜、魚住はシャワーから戻るなり、珍しい早口でそう言い捨てた。

貴史は一瞬驚いた顔をしたが、すぐに真顔に戻り、そののちフフンと笑った。

「べつにおれはかまわんけど？」

その言葉が覆されないうちにと、魚住は速攻で自分のベッドに入る。

貴史が居間でまだ起きているのが気になったが、こんな時間に出ていけというわけにもいかない。小さくシャッシャッという音が聞こえる。絵を描いているのかもしれない。魚住が見ている時には描いたことがない。いつまでいるのかな、そんなことを思いながらもしばらくすると睡魔に抱き込まれてしまった。なにしろ二日間まともに眠っていないのだ。

明け方、寝室に貴史が入ってきたことにも、魚住はまったく気がつかなかった。

夢を見た。目覚める直前だったようだ。

槇彦がいた。

槇彦が魚住を呼んでいた。

水の中から。

死者が自分を呼ぶ夢である。悪夢と言ってもいいだろう。けれども少しも苦しい夢ではなかった。不思議なほど穏やかな感触で、いつのまにか魚住も柔らかい水にくるまれていた。

槇彦が自分を恨んでいるはずがない。

魚住はそう思っていた。

なぜなら、最後に槇彦は笑ったからだ。

一緒に行かなかった魚住に微笑みを投げて、たったひとりで逝った。

遠い北の湖に入水《じゅすい》した。


水の底にゆらりと立った槇彦が微笑んだ。


夢からゆっくりと浮上した魚住は、次の瞬間目覚まし時計に起こされたわけではない自分に気がつく。

寝過ごしたか、と勢いよく起きあがろうとして……できなかった。

両手が、拘束されていたからである。

「おはようさん」

ベッドの横に貴史が立っていた。魚住が目覚めるのを待っていたかのようだ。スケッチブックが貴史の足元に置いてある。

「よう寝とったな。しっかし、あんた寝顔可愛いな、子供みたいやった。思わず描いてもうたわ」

「なに……これ」

魚住は起きあがることを諦《あきら》めて、ベッドで仰向《あおむ》けになったまま、自分の手を拘束しているものを見た。

「手錠。オモチャのな」

確かに、オモチャである。その手錠はプラスチック製だった。

「鍵《かぎ》は一応あるけど。そんなもんなくても大人の男やったら、力任せに引っ張ったら鎖んとこが千切れるんやないか？　実用性はないわな」

なるほど、ちゃちである。魚住が手を動かしてもジャラリとも言わない。プラスチックなのでやたらと軽い。

「いま何時？」

魚住は貴史に向かって聞く。それには答えずに貴史はベッドに腰を下ろした。ふたりぶんの体重にセミダブルベッドがキュウと軋《きし》む。

「あのな真澄。おれには時間がないんや」

「ああ……そう。おれにもないんだけど」

「大学は急にはなくならへん。けどおれにはあと数日しかないんや……せやからしばらく、そのままでここから動かんとってほしい」

「オモチャの手錠でおれを監禁すんの？」

「まあそれは象徴みたいなもんや」

「象徴ってなんの」

「真澄をおれのものにしたいう象徴」

「は？」

「わからんやっちゃな」

貴史が上体を倒して、魚住に覆い被《かぶ》さってくる。魚住の身体が硬くなる。

かつて一度だけ、同性に暴行されたことがある。怖かったし、死ぬほど痛かった。その時は、男とやる奴の気が知れないと思った。最近では、男とやってもいい場合というのは、どういう状況だろうと考えることもある。けれど魚住がそんなことを考えるのは、特定の人物を対象としている場合に限られていて、ほかの男に押さえつけられるのはやはり恐怖にほかならない。

「なに……重いよ」

「兄貴はあんたに夢中やった」

「そういうのとは違うと思うんだけど」

「おれのたったひとりの兄貴を、あんたは奪ったんや。見殺しにしたんや」

「まあ……見殺しにはしたかもしれないけど」

肯定してどうする、と魚住は自分に突っ込みを入れたくなった。

しかし、本当にそう思っているのだから仕方がない。嘘つきというものに魚住は憧《あこが》れる。器用だと感心する。

「なんでや」

「なんでって言われても……」

理由など、魚住にだってわかりはしない。

「おれはな真澄。悔しいんや。なんであんたが兄貴を殺す？　兄貴を殺したいんは、おれのほうやったのに……」

「え？」

目の前にある貴史の顔が歪《ゆが》んだ。

ふっ、とその顔が遠のく。貴史が上体を起こしたのだ。

長い指が自分の首に絡みついていく感触に、魚住は動くことすらできなかった。

3

「濱田さん、さっき魚住くんから電話があって、急用で今日はお休みするそうです」

「うそ。やべ」

響子の言葉に、先に反応したのは伊東だった。濱田は自分のラップトップを立ち上げながら、片眉《かたまゆ》を上げる。

「仕方ないね。伊東くんの英訳は僕が見るから安心しなさい」

「すんません、濱田さん」

伊東が少し色を抜いてある頭を掻《か》いた。

「でも僕より魚住くんのほうがなんていうか……いい訳をするんだよな。的確で無駄がなくて。僕のはなんか散文詩みたいになっちゃう」

ぼやきながら濱田がメールチェックを始めた。毎朝の定番作業である。海外の研究者とのやりとりも、電子メールならば時差を気にしないですむので重宝なのだ。今日もいくつかのメールが入っていた。新着を順に開きながら濱田はふと見知らぬアドレスに気がつく。大学で使っている濱田のメールアドレスは関係者にしか教えていない。いまのところ、濱田のアドレスは誰もが知り得るものではないはずなのだ。ただし、名刺には入っているので、知り合いの知り合いなどから突然メールがくることはある。

思わず声に出していた。

「マリさんからメールがきてる」

濱田の言葉に響子と伊東が寄ってくる。ふたりともマリとは面識があるのだ。響子は学部生時代に同じ講義を取っていたこともある。

「いつメアド取得したのかしら。なんて書いてあります？」

「ええとね。いま沖縄らしい。ほんとに居所の定まらない人だな。すごく暖かくって、もう海で遊べるってさ」

「えー。いいなー」

響子と伊東がユニゾンした。

「離島だから電波がよくないんだって。そのぶん星は綺麗《きれい》、か。羨《うらや》ましいねェ」

濱田が端整な顔の目尻《めじり》に皺《しわ》を寄せて笑った。クールな感のある容貌《ようぼう》の濱田だが、笑うと一気に親しみのある雰囲気になる。

「あー、じゃあお父さんとお母さんが日本の両極に行っちゃってるんですね」

伊東のセリフに、響子も濱田も怪訝《けげん》な顔を見せる。

「なんの話よ伊東くん」

「魚住さんっスよ。ほらマリさんて魚住さんのおかーさんみたいじゃないですか。んで久留米さんていう人がおとーさんかな、なんて」

「あれ」

「そぉお？　マリさんは確かにお母さんっぽいけど、その久留米さんっていうのはそんな気はしないけどなー」

「でもこないだまで一緒に住んでたんでしょ？　ねぇ濱田さん」

伊東と響子は、久留米と面識がない。濱田から聞く範囲でしか久留米を知らないのだ。もっとも同じ大学だったので、すれ違ったことくらいはあるだろう。

「ああ、まあそうなんだけどね。久留米くんは父親っていうより……まあ、うん。マリさんもお母さんよりは……なんだろうなぁ。指導教官みたいな。いやそれもちょっと違うかな？　お母さんぽいのは、むしろ荏原さんだと僕は思うんだけどね」

濱田はマリを思い浮かべながら考える。

魚住について、おそらく一番詳しいのがマリである。ふたりは高校生の頃に知り合ったらしい。出会ったのは葬式だったというから、推して知るべしだ。いい知り合い方とは言えない。それでも魚住はマリが大好きだし、マリも魚住が大好きなのだ。濱田にもそれはよくわかる。ただし恋愛感情とは違う。そういう要素が入り込んでくるのは魚住と久留米の取り合わせであると濱田は睨《にら》んでいる。

「あたし、そんなにお母さんしてるかしら……」

「ああ、そうっスね。響子さんもおかーさんぽい」

伊東が邪気なく笑う。魚住の元恋人の響子としては、やや複雑な顔を見せる。だが確かに魚住のそばにいると、ついかまいたくなる傾向は自覚しているようだ。

「なに、いま久留米くん北海道なの」

濱田が伊東に聞いた。

「魚住さんそう言ってましたよ。出張。札幌から電話あったって。……そういえば魚住さんて久留米さんの話する時だけ、ちょっと嬉《うれ》しそうじゃないスか?」

「そうか。電話してくれたのか彼は。なんだかんだ言いつつ、心配なんだよな」

伊東の疑問には返答しないまま濱田が呟《つぶや》く。しばらくなにか考える様子でいたが、やおらパソコンのキーを操作しだした。

「濱田さん?」

響子が覗《のぞ》き込むと、濱田はマリへの返信メールを作成していた。

「マリさんに聞いてみよう、この間の男のこと」

「ああ、魚住くんがびっくりしてマグカップ落とした時の?」

「そう。どうも気にかかるんだ」

「魚住くんが動揺するのって珍しいですからね。しかも名前覚えてたわ。ええと」

「あ。くさかべ、とか言ってましたよ」

伊東はきちんと記憶していた。

魚住は人の名前を記憶しておくことが得意ではない。覚えられないのとは違う。会っている時はちゃんと覚えている。それが会わなくなると忘れてしまうのだ。

つまり過去の人間のことをすぐ忘れる。

　まるで忘れないと生きてゆけないかのように、厳重な記憶倉庫の奥の奥に、幾重にも鍵《かぎ》をかけてしまい込んでいる。濱田にはそれが、魚住なりの処世術にも思えた。

「昔つきあっていた女の名前だって忘れちゃう男が、覚えていたんだものねぇ」

　響子も一度は忘れられたクチである。

「あの日は自分のところに泊めるとか言ってたけど、その後どうしたんだろうな。きみたちなにか聞いた？」

　響子も伊東も首を横に振った。そうかと呟きながら濱田はメールを送信する。モデムが稼働して低く唸《うな》る。一瞬のうちに濱田のメッセージは、彼方《かなた》の南の島に届く。だが、マリがいつ見るかはまた別の話である。向こうが受信作業をしない限りは、伝わらない連絡でもあるのだ。

　濱田は頬杖《ほおづえ》をついたまま、見えない電子を見送った。

＊

　夜になっても魚住は手錠から解放されていなかった。

　よいしょ、と片手で頭を掻く。

　掻いたのは右手だが、左手も同じ高さまで一緒に上げなければならない。オモチャの手錠の鎖は短いのだ。

外そうと思えば、たぶん引きちぎることはできる。非力な魚住でも可能だろう。けれど魚住はそうしない。しても仕方ないという気がする。

貴史はこの手錠を、魚住が自分のものであるという象徴だと言った。残念ながらその見解は間違っている。魚住は誰のものでもない。魚住自身のものですらないかもしれない。この手錠は貴史の思い込みと幻想の象徴だ。それは貴史の中に住んでいるものだから、手錠を壊したところで問題は解決しない。

今日一日、たっぷりと聞かされたのは貴史自身の子供時代の話だった。首を絞められかけたのは一度だけで、貴史はすぐに手を離し「びびったか？」と笑った。

「——離婚した言うたやろ、両親《オヤ》。そんでな、おれは母親と暮らすようになってん。母子家庭や。まあそれはええわな。親なんかひとりでええと思わんこともないし。ひとりでも十分に子供を可愛がったら、それで子供は幸福なんとちゃうか？　せやけど、うちのおかんはあかんかった。べつにおれを虐待したとかやないけどな。これがもう、見事な尻軽女《しりがるおんな》や。まあ水商売でおれを食わしてたんや、ちっとは尻が軽うなってもしゃあない。それを責める気はないけどな」

魚住の手錠を弄《いじ》くりながら、貴史はどこか楽しげに話し続けた。

「ただな。最悪なんが男の趣味や。もーう、悪い悪い。別れたおれのオヤジってのは、やたらなエリートやったらしいけどな。それでよっぽどイヤな思いをしたんやろ。頭がすっからかんの博奕《ばくち》ウチみたいな男ばっか連れ込みよって……。まいるわ、こっちは。

おかんにはなぁ、おれより男のほうが大切やったんや。……まあ、さみしかったんやろ。見てられんくらいにいつも必死に縋《すが》っとった。アル中で、博奕ウチで、ヤクザまがいで道頓堀《どうとんぼり》に沈めたったほうがええんちゃうか、みたいな男になァ」

魚住は黙って聞いていた。貴史の話に特別な興味はなかったが、聞いていないとまた殴られるかもしれないと思ったのだ。触らぬ神に祟《たた》りなしである。

途中、貴史は魚住の着替えを手伝うと言いだした。

外出しないならパジャマのままでもいいような気もしたのだが、貴史が着替えろと言うので従った。魚住はだんだん面倒になってきた。貴史の言う通りにしているのが一番疲れないのかもしれないと、ぼんやり思っていた。

「なんやこの傷は」

パジャマの前ボタンをすべて開けた魚住の、腰に近い背中の引《ひ》っ掻《か》き傷を、貴史は珍しそうに見る。

「ああ。子供の頃のが残ったんだ」

「女みたいな肌やから、逆に目立つな。いくつん時や？」

「ええと。八歳とか九歳とかじゃないかな。たぶん」

貴史は屈《かが》み込んで、その傷をつぅ、と指で辿《たど》った。魚住は突っ立ったままだ。

「誰かにいじめられたんか？　それともただの事故か？」

「んー。事故、とも、言える。かな」

「なんやそれ」

貴史は口づけんばかりに顔を近づけて、魚住の傷痕《きずあと》に見入っていたが、やがて作業を再開した。

「……あれ、脱がれへんやないか」

それはそうである。両手が繋《つな》がっているのだ。袖《そで》が抜けない。

「おれもたいがいアホやなぁ。まあ、しゃあないわ。べつに外には出んしな。そのままで我慢しとき。……しかし、あれやな。変にエロいな、あんた」

手錠を架せられて、白い胸を晒《さら》している魚住の姿を、貴史は凝視した。

「半裸で手錠、か。ちっと絵にしたくなるな。ま、めちゃ寝癖だし、下はパジャマのままやけど」

「おれパジャマのままで全然かまわない」

魚住は自分でボタンをはめながら言った。

「おれはなんかイヤや。寝間着っちゅうのが苦手いうか、着とるのが不安でな」

「不安？」

「ほら、あれや。夜中とか、とっさの時に寝間着のまま飛び出したら間抜けやんか」

「とっさの時って？」

「酔ったおかんが夜中に男を連れ込んで、おっ始めた時とかやな。それか、酔ったろくでなしが生意気なおれをボコにする前、逃げなあかん時」

「はあ」

「そういう時、寝間着やとなんや心細いやん。外で。だからおれは着替えて眠らんガキやった」

「替えればいいんじゃないの？」

「なんやて？」

「だから、寝間着じゃないけど寝る時用の服に着替えて寝る。ジャージとかさ。なら、そのまま飛び出しても大丈夫」

貴史はしばし魚住の顔を見つめた。

魚住はいつもと同じ顔をしている。

「まあ——せやな。けど、ガキやったからそんなことまで思いつかんかったわ」

「ふうん。ねえ」

「なんや」

「絵、見せて。おれ描いたんでしょ」

「イヤや。おれは自分のためだけに描くんやから、人には見せへん」

「マスターベーションみたいな絵だな」

「ほっとけ」

「ねえ」

「うるさいなー。なんやねんな」

「腹減った……」

結局、両手の自由が利かない魚住のために、貴史が食事の支度をする。

しばらく、時間は思いがけず穏やかに過ぎていった。貴史は時折、ふざけているのか脅しているのか、魚住の首に指を絡ませたり、手錠の鎖を引っ張ったりした。だがそれ以上のことはなかった。

貴史の話は続いた。

母親は自分の男の暴力から、貴史を庇《かば》うことがあまりなかったそうだ。見て見ない振りをして、あまりに酷《ひど》いと貴史を逃がした。

「怖かったんやろ。男に捨てられることが」

貴史はそう言う。

「わりと長く続いた男のひとりにな、マジでヤバイのがおった。なんやろな、あれは。顔はええ男やったで。もうヒモをやるために生まれてきたみたいなヤサ男ぶりや。ただ、こいつがおれをいたぶるいたぶる。あん時おれは七歳ぐらいやったかな。そいつは、おれに馬乗りんなって首を絞めるんや」

「首？」

「そお。おかんのおらん時にな。いま思うと、立派な異常者やな。あれは怖かったで。ほんま、怖かった。殺されるかと思った……息ができんゆうんは、なんや原始的な恐怖やな。いまでもたまに夢に見るわ」

「……なんかいろいろ大変だね」

「どうもそれがおれのトラウマとかいうやつらしいねん。これ思い出したの最近なんや、実は。ついこの間」

「ああ。忘れちゃうことってあるよね」

「あるな。辛《つら》いことほどそういうことはある」

貴史は自分で買ってきた缶ビールを冷蔵庫から出した。柿ぴーまで用意してある。

「飲むか？」

「いい」

「下戸なん？」

「飲むと記憶がなくなる」

魚住の答えを聞いて、貴史は楽しそうに笑った。

「へぇ、そらええわ。おれにそっちの趣味があったら、絶対飲まして酔わして、やってまうんやけどな。あんた、顔だけは綺麗《きれい》やしなぁ」

「怖いね」

「よう言うわ。怖いなんて思うとらんくせに」

「思ってるよ」

「全然顔に出とらん」

「よくわかんないんだ」

「なにが」

ビールの代わりに、魚住の前にリンゴジュースを置いた。これも貴史が自分で買ってきたらしい。粗暴だし、自分勝手だが、そんなに悪人というわけでもないのかもしれないと、魚住はぼんやり考える。

「気持ちを顔に出すその方法がよくわからない。表情筋と情動が上手《うま》く連動してくれない。そのせいで損をしてるって日下部先生は言ってた。なにが損なのか、おれにはよくわからなかったけど」

魚住はそう言いながら、不器用な仕草で金色に満たされたコップを持った。零《こぼ》さないように、慎重にくちびるとコップの縁をマッチングさせる。

「そういえばさ」

「なんや」

「両親が離婚したのに、どうしてふたりとも同じ姓なの」

ああ、とプルトップを上げながら貴史が答えた。炭酸の小さな破裂音がする。

「日下部はオヤジの姓やから、おかんと暮らしとった頃《ころ》は使とらんかった。兄貴が死んだ三年後に、おかんが死んだ。で、おれは日下部のばあちゃん、つまりオヤジのおかんやな——に呼ばれたんや。跡継ぎがおらんようなったから、ってな」

「ふぅん」

するると貴史は両親と兄、三人ともを亡くしていることになる。

「最初はめっちゃムカついたわ。いままでシカトこいてきたおれに突然帰ってこいなんてな。横面張り飛ばしたるつもりで日下部の家に行ったら……こぉんなちっちぇばあちゃんが、オイオイ泣きよる。かんにんや、かんにんや言うてな。あれは反則や。あんなちっちゃいばあちゃん、よう殴らん」

「優しい」

「アホンダラ。そう言うたら、おまえも交通事故で親と兄貴死んだらしいな」

「うん」

貴史は柿の種とピーナッツを分けている。魚住はどうしてそんなことをするのかなと思いながら、その手元を見ていた。

「どんな兄貴やった？」

「うん。無条件におれを愛してくれたよ。おれは大好きだった」

「は？」

「あんな人にはもう会えないだろうな」

懐かしそうに魚住が言う。

「無条件てなんや」

「そのままの意味だよ。……ピーナッツ嫌いなの？」

「嫌いや」

だから分けていたらしい。

「兄貴といくつ離れとったんや？」

「ふたつ、かな」

「……まだ若かったんやな」

「そう。せっかく、いろいろ気をつけてたのに。事故で死んじゃうなんてなぁ」

「……なにを気をつけてたって？」

魚住が動きにくい手でピーナッツを摘《つま》む。

「ダウン症児で心臓疾患があったから。あの障害にはそういう人が多いんだ」

そう言うと、ピーナッツを一粒口に入れて、前歯でカリリと噛《か》んだ。貴史は小さくそうかと呟《つぶや》き、よけたピーナッツを魚住の前にまとめて寄越した。

「こんなにいらない。鼻血が出る」

「出したらええやんか。出血大サービス。なぁ、あんたのさっきの傷。腰んとこのアレ。あれは、どうしてついたんや？」

「ん。屋根裏部屋の階段から落ちた。古い階段で、途中に錆《さ》びた釘《くぎ》が曲がって出てて、そこに引っかけて皮膚が裂けた」

「自分で落ちたんか？」

「いや。突き落とされた」

するりと魚住は答えた。

「誰に」

「養母。二番目の」

「……ほぉか」

それからしばらくふたりとも喋《しゃべ》らなかった。

貴史のビールを嚥下《えんか》する音だけが、静かな部屋に響く。そういえばここ何日も魚住はテレビを見ていない。貴史が嫌がるのだ。なんとなく窓の外を見ると、輪郭の曖昧《あいまい》な月が浮かんでいた。冬の月のほうが鮮明なぶん、綺麗だなと魚住は思った。

「兄貴は……あんたの話を聞いているうちに、感化されたんやと思った」

再び貴史が言葉を紡ぎだす。

「え？　おれのなにに？」

「感化いうか増幅いうか、兄貴も幸せな子供とは言えんかったみたいやし」

「ああ。らしいね」

「おまえ、どんな話を聞いたん？」

「お父さんがすごく厳しかったって。エリートだったのに、離婚してからなにもかも上手くいかなくなって、酒浸りになって、それでも先生には優等生を強要するんだって。成績が悪いと殴られたり蹴《け》られたり……」

日下部槇彦の話は覚えていた。

おそらく、自分の子供時代と近いものを感じたぶん、印象的だったのだろう。殴られる子供というのは、けっこういるものなのだなと、その時思ったのだ。

「酔っている時は教科書を何ページも破かれて、それを丸めて口に突っ込まれて窒息しそうになったって……可哀相だったな先生」

震えながら自分の話をしていた。

思い出したくないことまで思い出しながら。

鍵《かぎ》の開いた記憶の箱はどんどん坂を転げ落ち、速度を上げながら何度も地に打ちつけられ、壊れたその隙間から過去がどろどろと流れていく。

しまっておけばよかった。思い出したくなかったと。

あの時槇彦は泣いていた。自分のクライアントであり、年下の魚住の前で。

「自分はどうなんや真澄。おまえが幸せやったとは言わさへんで。真澄の不幸と兄貴の不幸、それが合わさって増幅されて、兄貴は死んだんとちゃうんか。おまえと出会ったせいで、自殺したんやないんか」

「それはどうかなぁ？　おれにはわかんないな……」

少なくとも、魚住は自分の過去と槇彦の過去を融合させることはなかった。そういう心理状態には至らなかった。槇彦の存在は、そこまで魚住にとって近いものではなかったのだ。だが槇彦がどうだったのかは、魚住の知るところではない。

貴史が空けてしまったビールの缶をベコリと握り潰《つぶ》す。

「兄貴は言うたんやろ？　一緒に行こうって……真澄を誘ったんやろ？」

「うん」

「でもおまえは一緒に行かんかった」

「うん」

「なぜや」

「覚えてない。なんでだろう？　べつに一緒に行ってもよかったはずなんだけど」

貴史が潰れたビール缶をシンクに放り、嫌な音をたててあちこちにぶつかった。

「なんやそれは。行ってもよかった？　どういうつもりやおまえ。いまこうして生きとるくせに、よう言えるわそんなん」

「でも本当だから。あの時はべつにいいと思っていた。死んでも」

「やめェ！」

貴史は怒鳴る。ひどく腹が立ったからだ。

だが魚住は言葉を止めず、淡々とした様子で続ける。

「死んでも、生きていても……べつにどっちでもよかった。痛いのはイヤだけど、楽に死ねるなら、つきあってもよかったはずなのに」

「やめろ言うとるんや！　そんならなんで兄貴と一緒に行かんかった！　ええかげんなこと抜かすなや！」

貴史は魚住の胸ぐらを摑《つか》んだ。脅すように乱暴に揺すったが、細い身体が揺れても、その顔に怯《おび》えはない。なにかを思い出そうと、遠い目をしている。

「どうして……行かなかったのかな……」

魚住の口からふわりとリンゴの香りがした。

それが激昂《げきこう》していた貴史の暴力的な気分を唐突に削《そ》ぐ。この痩《や》せた男を殴ったところで、なんの解決にもならないのはわかっているのだ。

槇彦は……兄は帰ってこない。もう二度と会えない。引き離された兄弟。不幸だった兄。不幸だった自分。そしてこの痩せっぽっちな男もまた、不幸な子供だった。だからなんだというんだ。不幸な子供なんて、いつだって、どこにだっている。

魚住と視線が絡む。

まるで吸いよせられるように口づけていた。

そんな気などなかったのに。

貴史は同性愛者ではないし、女の恋人もいた。けれどもその時、魚住に触れたいという衝動を抑えることができなかった。

おれはどうかしてるんや……。

貴史は混乱の中で、必死に秩序を探した。理由づけを探した。

ああ、おれは真澄の中に、兄貴を見てるんかな……いつも会いたくて、会えなくて、たったひとつの心のよりどころで……大好きで、誰より憎かった兄を。でなければ、兄の代わりに魚住に口づけているのか？　兄はこの男を連れて行こうとしたのだ。一緒に死にたいと思っていたのだ。

それは一種の愛情？　執着？

あるいは単に、ひとりではさみしかったのか？

「……っ」

舌を差し込んだ瞬間、魚住が少しだけ身じろいだ。

嫌がっているのかどうかわからない。抵抗はしないが応じているふうでもない。ただじっとしている。

目は閉じられ、瞼《まぶた》が震えている。その舌は、蕩《とろ》けるように甘酸っぱい。

リンゴの味だ。

貴史も目を閉じ、それをゆっくりと味わった。

4

翌日もやはり、魚住は研究室に現れなかった。

欠席の電話を受けたのは伊東だ。

「ごめんなさいって言ってました。どうしたんでしょうね。二日続けてだなんて」

「変ね。忙しい時にそういうことする人じゃないんだけど」

響子の声に懸念の色が混じる。

「どっか悪いっていう感じでもなかったんですけど、でも元気はなかったっス」

「まあ、来られないものは仕方ない、魚住くんの分担は手分けして少しでも進めておこう。あ、マリさんから返信がきてるぞ。へえ、感心だな。24時間以内のレスポンスだ。もっと遅いかと思ってたよ」

メールチェックをしていた濱田は、マリの返事を読み始めると表情を曇らせた。黙り込み、額の皺《しわ》を徐々に深くしていく。

「どうしたんです？　マリさん、なんて？」

「これは……どういうことだ」

パソコンを少し回転させて、響子と伊東にモニター部分を見やすいようにする。

あのー。日下部って死んでるはずなんだけど？　あたしや魚住が入学した年に自殺した、心理学科の非常勤講師だよ確か。文学部の友達に聞いたから覚えてる。どっかの湖で自殺したって。

まあ、幽霊でもない限り、別人だと思う。けど、魚住の交友関係なら幽霊が入っているのかもしれないしねぇ。あいつは底が知れないからなー。

心理学科の古株に聞けばなんかわかるかもしれない。

一応魚住の様子見てやってくれるとありがたいです。久留米でも行かせればいいよ。

じゃ、またなんかあったら連絡して。

もうしばらくしたら帰ります。泡盛《あわもり》とゴーヤ持って。

「し、死んでる？」

伊東が腰砕けな声を出した。

「そういえば、心理学の先生が失踪《しっそう》したのなんのって騒ぎがあった気がするわ……あたしちょっと聞いてきます。あっちの院に友達いますから」

響子は冷静である。

「ああ、頼むよ。なんか嫌な感じだな」

パタパタと走っていく響子が、廊下の途中で誰かとぶつかったらしい。すいません、という慌てた声が二重に聞こえた。

「濱田さぁん。幽霊相手じゃどうしようもないですよ」

「バカだね伊東くん。科学者の卵がなに言ってるの。生きている人間が一番怖いんだよ。さて困ったな。久留米くんはいないし」

「いる」

思いがけない方向からの声に、濱田と伊東が振り返る。

引き戸にもたれるようにして、まさしく久留米が立っていた。

不機嫌そうな声だ。上着を片手に摑み、ワイシャツと緩めたネクタイ、顔には白いマスクをつけている。久留米は背が高く体格もいいので、スーツは着こなすがマスクは似合わない。挨拶《あいさつ》もなしに派手なくしゃみを披露して、とくに許諾を得るでもなく研究室に入ってきた。

伊東は、初めて見る久留米に多少驚いている様子だった。魚住の友人ということで、外見的にも魚住に近いイメージを抱いていたのかもしれない。だとしたら、まったく的外れだろうと濱田は思う。

「久留米くん、花粉症なんだ？」

マスクを指さして聞くと「おかげさんで」と鼻声が答える。

「で、魚住はどこです？　生きてるんですかあいつは」

「休んでるんだよ。昨日から」

「はあ？」

久留米がボストンバッグをどん、と床に下ろした。

「出張先からそのまま来たの？」

手近な椅子に勝手に腰掛け、久留米は頷《うなず》く。

「本当は明日《あした》までだったんですけどね。無理やり昨日でケリつけましたよ。あいつ休んでるんですか？　でも家に電話しても出ないけど」

「え、でも、今朝電話ありましたよ。魚住さんから」

伊東はそう言った後で、ぺこりと会釈し、後輩のイトーです、と自己紹介した。

「ああ。久留米です。魚住が電話してきた？　自分で？」

「はい」

「なんか変な関西弁の男じゃなかった？」

濱田と伊東が顔を見合わせる。

そういえば日下部と名乗ったあの男には、関西のイントネーションがあった。

「もしかして……まだいるのかな、あの人」

伊東が小さく言う。

「あの人ってのは？　ところでここ、禁煙？」

「ああ、いまは実験してないからかまわないよ」

濱田が古ぼけたアルマイトの灰皿を久留米に渡す。

「あのね久留米くん。魚住くんが動揺したっていう例の男ね。日下部っていうんだけど、マリさんの話……じゃなくてメールによると、もう死んでるらしいんだ」

「なんですか、そりゃあ」

マスクに指をかけてぐいと顎《あご》までずらし、久留米は煙草を手にする。

「きみたちが入学した年に自殺したらしい。うちの大学の心理学の講師だった」

「幽霊っスよ久留米さん」

伊東が真面目な顔で言う。久留米はなにか言おうとしたが、ふいに顔を背けてくしゃみをふたつ続けた。尻《しり》ポケットから大判のハンカチを出し、鼻と口を拭《ぬぐ》う。そしてやっと言った。

「そりゃ、兄貴のほうだ。死んでたのか」

「兄貴？　どういうことだい」

「だから魚住を訪ねてき……は……っくしょぃッ」

「大丈夫ですか？」

「あー。やっぱこっちは花粉多いわ。なんかいい薬ないんですかここ？　花粉症って免疫のビョーキなんでしょ？」

「それはそうだけど、ここには薬なんかないなぁ。研究対象違うし。それで？」

「魚住が言うには、以前世話になった人の、弟が訪ねてきたんだとか。兄貴のほうが死んでるってのは初耳だけど……ふーんそーか。死んでたのか。だから似ていて驚いたわけか。死人がこんちは、って来たらさすがの魚住も驚くわなぁ。やっと繋《つな》がったな」

死んでる死んでると言いながら、久留米はブーと鼻をかんだ。

「なるほど、そういうことなのか……」

「でも、なんでその弟って人が、突然魚住さんに会いに来るんですか」

伊東が久留米に問う。久留米はおれに言われても、という顔で煙草に火をつける。

「なんか用事があったんじゃねえの？」

「その後、魚住さんと連絡とりました？」

「いや」

「魚住さん、あれから変なんですよ。すごい隈《くま》つくってフラフラしてたり、突然一日連続で休んだり、絶対変。……あ、濱田さん電話が」

教授のデスクの内線コールが鳴っている。身軽に本棚をすり抜けて、濱田が受話器を上げた。

「はい。ああ荏原さん。いま久留米くんが来てる。そう、さっききみがぶつかった人。それで……うん……うん。そうか……わかった」

濱田が複雑な顔をして戻ってきた。

「心理学部の助教授が詳しかったそうだよ。日下部槙彦。八年前に亡くなっている。時々、大阪にいるらしい弟さんの話が出たそうだ。それで魚住くんは……その人が亡くなる直前のクライアントだったらしい」

「うわァ……」

伊東がまずいものを食べたような顔をした。

「クライアントって、この場合どういう意味？」

久留米にとってクライアントといえば、あくまで仕事の発注主という意味である。

「ええと。心理カウンセリングを受けるほうの立場です。カウンセラーは医者ではないから、患者とは呼ばないんですよ」

伊東がそう答え、続けて、

「なんか嫌な感じがするんですけど」

と濱田・久留米の両者に言う。

濱田は自分の煙草に火をつけ、目線をややわざとらしくマスクの男に向ける。

「久留米くん」

実に面倒くさげな表情とともに「はいはい、わかりましたよ」という返事があった。

「あいつの様子見に行きゃいいんでしょ？　これから社に戻んなきゃなんないんで今夜になるけど。ったくもー、あいつの保護者とか飼い主とかじゃないんスよ、おれは」

「うん。いっそ恋人になるってのはどうだい？」

「……なに言ってるんですか濱田さん」

久留米がものすごい顔をした。伊東が少し後ずさるほどの剣呑《けんのん》さで濱田を睨《にら》む。

「きみは魚住くんじゃダメなのかな？」

「あいつは野郎ですよ。あんな顔してっけど」

「知ってる。ちなみにきみたちふたりとも異性愛指向なのも知っている。でも、なんとかなりそうな気がするんだけど」

久留米がガッタンと立ち上がり、マスクを元に戻した。煙草を灰皿で捻《ね》じ消して、くぐもった声を出す。

「なんともなりません。野郎と寝るくらいなら、おれは尼になります」

「久留米くん。男は尼になれない」

「ああ坊主か。なんでもいいや。とにかくねぇ濱田さん。そういう話は金輪際ごめんですから。じゃ」

それだけ言い捨てて、久留米は再びボストンバッグを持ち、足早に去っていった。

途中でくしゃみがふたつ聞こえた。

「あれが久留米さんかぁ」

伊東が感じ入ったように呟《つぶや》いた。

「あれが久留米くんだよ」

「なんか最初はえっ、て感じだったんですけど」

「うん」

「けど、なんとなくわかりました。魚住さんがあの人と暮らしていた理由」

「そう。どんな理由？」

問われて、伊東はウーンと唸《うな》りながら考える。適当な言葉が思いつかない。

言葉では言い表せない類《たぐい》のものなのかもしれない。

そう、魚住と久留米はちっとも似ていないのだ。容姿も性格も、たぶん嗜好《しこう》も。なのにあのふたりは妙にしっくりくる組み合わせである。

「なんていうか……久留米さんは平気なんですね」

「うん?」

「魚住さんって、結構イっちゃってる人だなぁって思うことあるじゃないですか。よくも悪くも。でも、あの人は魚住さんがどんな魚住さんでも、関係ないみたいだ」

「そうだねぇ」

「僕ね、濱田さん。その……時々、魚住さんって死んでるみたいだと思ってたんスよね。あんなにキレイなのに、黙ってじいっと立っていたりすると生きていないみたいで」

伊東は少し言いづらそうにその言葉を口にした。

「ああ、なんとなく、わかるよ。死んでいるというか……死に近いというか。死神に好かれているっていうか」

濱田は思い出していた。魚住が学食で言った言葉。

——毎日会っている人だって、ある日突然いなくなったりすることはよくあるから。

——死んでしまったり、ね。

もちろん魚住がそういう場面によく出くわすのは単なる偶然なのだろう。養子先とはいえ、両親と兄が死に、自分だけが残り、そしてまた身近なカウンセラーが死に……。

魚住の世界は、死との距離が近い。

濱田はそんな気がした。

それはべつに間違った在り方というわけではない。むしろ正しいことなのかもしれない。現実に、世界中でいつも誰かが死んでいる。戦火の国や、隔絶された病院や、一部の不幸な場所で誰かが死んでいる。死は隠蔽《いんぺい》され、人はみな普段死を忘れている。けれども間違いなく、死は日常に潜んでいるのだ。

魚住は誰からも教わらずにそれを知っている――たぶんかなり幼い頃から。

魚住は、死に近い。

タナトスを抱えて生きてきた子供なのだ。

魚住は死を畏《おそ》れたりはしないだろう。だから、時間の檻《おり》を持たないのかもしれない。いつか死ぬのだと怯《おび》えながら、人間は生きている。限られた時を管理しようと無駄な努力をして、足掻《あが》く。秒刻みで生きようとする。それがかえって自分を縛る結果になることがあっても、そうせずにはいられない。死が恐ろしいからだ。

もし、魚住がその恐怖感を麻痺《まひ》させてしまうほどに、多くの死を見ながら生きてきたのだとしたら。

ぞっとするよりも、悲しかった。

「久留米さんはそういうの、一切関係なしって感じですよね。魚住さんが死神に好かれてようと、死神そのものでも、おかまいなし、みたいな」

「うん。だなぁ」

濱田は同意する。

魚住という存在は、おそらく背負おうとするとひどく重いのだろう。マリが以前言っていたように、魚住特有の負の世界に巻き込まれる恐れがある。魚住に同情したり感化されたりするのは、確かに危険が伴うのだ。

だが久留米の場合、魚住を背負う気などまるでない。隣でオラオラと煽《あお》り、バカと罵《ののし》り、たまには尻に蹴《け》りでも入れて、魚住を歩かせるだろう。

そして彼が転んだ時は、手ぐらい貸してやるのだ。

「魚住さん、大丈夫かなぁ。おれだけじゃあんなに英訳できるわけないし……」

伊東が不安げに呟きながら、魚住の心配と自分の心配を同時にしていた。

＊

魚住は外出が好きなわけではないが、こうも籠《かご》の鳥状態が続くと、さすがに外の空気が恋しくなる。けれど貴史はまだ魚住の手錠を外そうとはしない。

相変わらず、語り続ける。

「兄貴なんか大嫌いやった」

いっそ憎んでいた。貴史はそう言った。

手紙を読むたびに憎悪は募った。兄は父親の庇護《ひご》下で幸せに暮らしているのだと思い込んでいた。しかも優秀で、一流高校、一流大学へと順調に歩んでいた。

同時に、憧《あこが》れてもいた。

汚いアパートで、水商売の母親と暮らしている自分。母親の男に絞め殺されかけて、ひいひい泣いている自分。中学にはいると、あたりまえのように不良と呼ばれるようになった自分。そんな自分と兄はかけ離れていた。

兄は遠くで輝いていた。貴史の手の届かない遠くで。

その輝く星に、自分の置かれている状況をすべて打ち明けるなど、できなかった。心配をかけたくないというより、惨めになりたくないという変なプライドがあった。かといって、すべてを取り繕うほどの器用さもなかったので、中途半端に愚痴るような手紙になった。

要するに、兄弟ともに嘘をついていたのだ。

お互い、たったひとりの真実を告げられる相手だったはずなのに。

「おれはな真澄。全然知らんかったんや。兄貴はずいぶんなウソつきやったんやなぁ。あのオヤジがアル中になっとるなんて、想像もせんかった」

昨晩、貴史はキス以上のことはしてこなかった。そんなことをしてしまった自分に驚いたように、直後「すまんかった」と魚住に謝って顔を赤くした。魚住もどうしてそんなことをされるのかわからなかったが、とりあえず「うん」と返事をした。

なにが不安なのか、その夜貴史は魚住から離れようとしなかった。狭いベッドで、貴史は魚住の手錠の鎖を握りしめて眠った。

男と同じベッドで寝たのは、魚住にとって初めての経験だった。女の子とはまったく違う硬い筋肉を間近に感じながら、久留米もこんな感じなのかなと、ぼんやり思った。まだ北海道だろうか。おみやげはなんだろう。トラピストクッキー。六花亭《ろっかてい》のバターサンドもいいな。そんなことを考えていると、無性に顔が見たくなってしまった。でも久留米はここにいない……いままで感じたことのない種類の空虚さを得て、魚住は少し戸惑った。

貴史はベッドの上が気に入ったようだ。いまもベッドに腰掛けている。

魚住はその隣に丸くなっている。今日も研究室に行けなかった。ほとんど動いていないのに、なんだかとても疲れてしまった。身体が怠《だる》い。

「兄貴が死ぬ直前の手紙で本当のことを知った時は、なんかなぁ、もう、ハラワタが煮えくり返る思いやった」

「どうして？」

寝返りを打ち、仰向《あおむ》けになった魚住が聞いた。

「おれは兄貴に憧れながら憎むことで、なんとかやっと、生きとったいうことかなぁ。自分が悲惨になればなるほど、兄貴はそのぶん幸せになっている気がしとった。それが憎くて、でも嬉《うれ》しくて……。なんや言うてることがようわからんな、おれ」

貴史が自嘲《じちょう》する。俯《うつぶ》せて、枕を抱えた。

「おれはおかんに引き取られて不幸やった。兄貴はオヤジでラッキーやったと勝手に決めとったからな。おれのおかげで兄貴は幸せなんやと、自分に言い聞かせてた。そんな法則を、勝手にこさえとったんや。アホらしなあ」

「……うん」

「だからずうっと、そう信じてたんや。ところがそれは兄貴のでっちあげ。ただの虚構や。実は兄貴もえっらい悲惨な子供やんか。そしたらおれの苦労はなんやったんや？　そんなんありか？　おれが不幸なんやから、兄貴は幸せやないとあかんはずや。そうやないならおれの生きとる意味が……のうなってしまうやんか」

「生きている意味？」

「せや。どんなにしんどい思いしても、なんとか生きとかんとあかん。そしたら、理由がいる。おれの場合は、兄貴やった。会えんけど、離れとるけど、兄貴がおるから踏ん張れた部分が多いんや。兄貴を羨《うらや》んだり、憎んだり、そういうエネルギーで生きとった頃が、おれには確かに……あったんや」

「……うん」

　では自分にとって生きている意味とはなんだろう。自分はどんな理由で、生きてきたのだろうか。

　魚住は考える。まったく、思いつかない。

「けど兄貴は、おれのことをそんなふうには考えとらんかったんやなぁ。突然現れたおまえに夢中になりよった。それまで手紙には、おれの名前以外の固有名詞なんかほとんど出てこんかったんやで？　それが真澄真澄って。うっとうしいくらいに」

「……うーん」

同じような返事ばかりを繰り返す魚住を、貴史が見た。ふたりの視線が合う。

「なあ真澄」

「うん」

「なんで兄貴は死んだんやろか」

「さあ？」

「ちったぁ考えんかい」

「うん……じゃあちょっと待って」

横たわったままの魚住は素直に思案しはじめた。少し顎《あご》を引いて、ふだんよりは真剣な顔になる。その間、貴史は目の前の男の前髪を弄《いじ》っていた。なんだか意味もなく触りたくなる。魚住はどこに触れても手触りがいい。肌も髪もサラリとした質感で、こいつはどんな時汗ばむのだろうと考える。

「背中から倒れる感じ」

答えは唐突に提示された。

「なんやて？」

「こう、普通に立ってて、普通に前に歩く。これが普通に生きてる感じ。ね？」

「は？」

「でもさ、時々さ、こう両手を広げてさ。空を仰ぐみたいに、完全に脱力して背中から倒れてみたくなることない？」

「……あるような、ないような……」

貴史は考える。子供の頃、布団の上でそんな遊びをした記憶がかすかに残っている。見えない方向に倒れることの、恐怖とスリルと快感。背中のぞくぞくっとする感じ。

「ああ、あれやな」

「わかる？　そんな感じでしょ。たぶん」

「なにが？」

「死にたくなる時」

「………………」

魚住が手錠をつけたままの両手で、乱れた前髪を直す。

「前に行くことができなくなるんだ。立っていることも辛《つら》い。よりかかる人もいない。そうしたら、背中から思い切り倒れたくなるんじゃないかな」

そんな観念的なものなのだろうか、死ぬということは。

「真澄は……そう思うことがあるんか？」

「あったかもね」

「いまは」

「ないかな」

どうしてだろう。それは魚住にもわからない。

「いまは、生きていたいんか？　死ぬのは怖いか？」

怖いだろうか。

すべての幕を閉じ、この世から消え去ることは怖いだろうか？

「おれが……一緒に死のうて言うたら、嫌か……？」

「うん。嫌だ」

即答だった。

間髪を容《い》れずである。

貴史が呆《あき》れた顔をして、のちにプッと噴き出した。

「うははは。ごっつ早いやんか。嫌かぁ」

笑いながら寝返りを打つ。ベッドが揺れる。

「自分だって、そんな気ないくせに」

魚住は両手を頭の上にして、疲れた背筋を伸ばした。手錠というものは肩が凝るのだと、初めて知った。もういいかげん取りたい。貴史の気もすんだ頃ではないか。でもなんとなく、取ってくれとは言わないままでいる。

「わからんやんかそんなん。おれが明日にでも自殺したらどないする？　またおまえは人を見殺しにしたことになるんやで」

　相変わらず寝転がったままで、魚住は天井を見ていた。そして首を少しだけ傾けて、貴史に視線を戻す。魚住の瞳《ひとみ》には嘘がなく、無垢《むく》な印象があり……そのぶん、少し怖いなと貴史は感じていた。

「あのさ。おれが止めたら日下部先生は死ななかったと思う？」

　貴史は言葉に詰まった。

　それはわからない。当時の兄の様子を見たわけではないのだ。

　いや、仮に八年前の兄を見ていたとしても、彼がどれくらい追いつめられていたのか、貴史にはわかりようもない。正直に言えば、貴史には死にたいと願う人間の気持ちがよくわからない。貴史自身、辛い思いをしてはきたが、それでも本気で死のうとしたことはないのだ。悲しくて、悔しくて、憎しみばかりが心に住んでいた頃も、それは激しい怒りに転化し、自分の命を絶とうという気持ちはなかった。

　だって死ぬのは怖い。恐ろしい。あの男に首を絞められた時も貴史は死にたくないと強く思った。死に対して、シンプルで原始的な恐怖が貴史の中にはあるのだ。

　それに、貴史には絵があった。

　絵を描いている時だけが楽しい時間だった。描きたいものは山のようにあった。辛ければ、その気持ちをスケッチブックに叩《たた》きつけて生きてきた。

「ようわからんけど……思いとどまったかもしれんやないか。おまえがなんか言ってくれれば……」

「ふぅん。なにを言うの？」

「………」

「おれには日下部先生を止められるような言葉は、浮かばなかったと思う。そんな出来のいい人間じゃないもん。あの時おれが一緒に行っていたら、先生はおれと一緒に死んだし、実際にはおれは行かなかったからひとりで死んだ。それだけの違いだ」

魚住の言葉に、貴史は腹立たしさを感じた。その声音はいつもとまったく変わらないのに、なぜだか突き放されたような気がしたからだ。

「そんなん……わからんやんか、誰にも。兄貴の気持ちなんか、誰にもわかるわけないやんか……！」

「うん」

魚住は頷《うなず》く。

「日下部先生の気持ちはわからない。先生だけじゃなく、おれは誰の気持ちもわかんないよ。人のことは本当に全然わかんないんだ、おれって。でも」

「……でも？」

魚住は手錠に繋《つな》がれた腕を前方に伸ばす。なにもない空間で、なにかを掴《つか》むように、手のひらをゆっくり閉じたり開いたりする。

「なんでだろうね。わかるんだ。死を覚悟している人はわかる。その理由や、その人の悲しみはわからない。ただ、もう死ぬと決めたんだっていうことだけ……おれにはわかっちゃうんだよ」

魚住の腕が下り、プラスチックに繋がれた両手を、祈るように組んで自分の胸に置いた。ちょうど、棺《ひつぎ》に入って永遠に眠る者のように。

「そういう人たちはみんなとても静かな目をしてるんだ。日下部先生もそうだった。だからおれが、一緒に行かないって言っても、ただ頷いて、笑ってたよ」

「笑って……た？」

「うん。笑ってた」

「死ぬのは、怖くないんか……？」

その問いに、魚住は微笑んだ。

貴史の背中が粟立《あわだ》つ。魚住がこんなふうに笑うのを見たのは、この時が初めてだった。綺麗《きれい》な男が笑ってるのだから、綺麗に決まっている。それは間違いないのだが……なぜこんなに冷たさを感じるのか。距離を感じるのか。

この男は、いったいどんな荒野に立ってるのか。

「生きていることに耐えられなくなったら、怖いなんて思わないんだろうね」

そう言うと魚住は、すっとその笑みを消して、いつものぼんやりとした顔に戻った。

「真澄……おまえ……怖い奴やな」

「は？　そんなこと言われたことないけどなぁ」

「そうか？」

「うん。いっつもだいたい、ぼけっとしてるとか、とろいとか、常識はずれとかバカとか……そう言われる」

「そらまた、えらいこきおろされたもんやな」

「でも当たってるから、あんま言い返せない」

「ははは」

　貴史が笑った。

「なんか、いっぱい喋《しゃべ》ったら喉渇《のど》いちゃったよ」

「あれでいっぱいか」

「関西人と一緒にするなって」

　魚住は手が使えないために、もじもじと不器用に起きあがって台所へと移動した。

　冷蔵庫を開け、ペットボトルを取り出そうとしたところで玄関の方から物音がした。ドアが開いたようだ。そしてドカドカと遠慮のない足取りで、怪しいマスクの男が入ってきた。魚住は口を薄く開けたまま、侵入者を見た。

「久留米？」

「なんだなんだ生きてるじゃねーか。電話くらい出ろよ。このバカ。ああ？　なんだこれ、おまえ」

魚住の腕をぐいと乱暴に取ると、その細い手首に纏《まと》わりつくものを睨《にら》む。

「だっせーな」

久留米はそう言うなり、魚住の両手首とそれぞれの手錠を一緒にしっかり摑んで、一気にグイッと引っ張った。ぶちっ、とプラスチックの鎖が切れる。

他愛もなく、魚住の両手は解放された。久留米の手によって。

「真澄？」

貴史が寝室から出てきた。

「なんだ。まだいたのか」

久留米がとてもわかりやすい不機嫌な声で言い放つ。

「ああ、あんた電話してきよった人か」

「あんた、なにしてんのここで」

「真澄と遊んどった」

肩を竦《すく》めて貴史が言った。魚住はふたりに挟まれて間抜けな顔をしている。あれは遊んでいたのだろうかと考える。だとしたら、至極奇妙な遊びだ。

「そーか。そりゃ世話かけたな。明日からはおれがこいつと遊ぶから、あんたはもう帰っていいぜ。もっとも、おれは手錠なんか使わないけどな」

「似合っとったのになァ、真澄」

話をふられて魚住が「そうかな？」と呟《つぶや》く。久留米が横で「バカかおまえ」と詰《なじ》る。

「真澄とあんたって、そういう関係なんか？」

「そういうってどういうんだ」

「ホモの恋人同士」

「殴っていいか」

「あかん。あんた強そうや。かんにん」

貴史が笑いながら後ろに一歩下がった。久留米は貴史よりも体格がいいし、たしかにケンカになっても勝算は高そうだ。

「ほな、真澄。おれは行くわ。ちょうどええ引き際やし」

「え。だってもう遅いよ」

「まだ十時前やろ。もうひとりこっちに友達いてんねん。悪友やけどな。そいつも待っててくれてるんや」

言いだすなりさっさと、貴史は荷物をまとめ始めた。衣類をいいかげんに詰め込んで、最後にスケッチブックも入れる。さらに、エンブレムのついたジャケットをハンガーから取った。

「あんた、結局なにしに来たんだ？」

久留米が聞く。

「さあなぁ。たぶん、見てみたかったんや、兄貴が入れ込んどった男の顔をな」

「入れ込んでた？」

そのへんの事情を知らないため、珍妙な顔をしている久留米を見て貴史が笑う。

「あんたの友達はキレーな顔して怖い男やでェ。気ィつけたほうがええんとちゃうか」

「怖くはねえけど、気をつけてはいるよ。いろいろと変な男だからな」

久留米が仁王立ちで腕を組んだまま言う。

「おれは怖くもないし、変でもないと思うんだけどなぁ」

魚住はぼそりとそう反論したが、誰も賛同してはくれなかった。


今までのしつこさが嘘のように、貴史はあっさりと帰っていった。

最後に玄関先で海外留学が近いのだと言っていた。時間がない、とはそのことだったらしい。

——ばーちゃんがな。絵の勉強なら外国や、って言うてくれたんや。ほんまはおれがおらへんようになったら、さみしいくせに、変なとこで強情なんや。まあ二年したら戻る予定や。年寄りほかして死なれても、夢見が悪いしなァ。

そんなふうに笑っていた。

最後までスケッチブックは見せてくれなかった。

「そんなにその、死んだ兄貴と似てたのかよ」

貴史が去った後、久留米は指定席であるソファにどっかりと座り煙草をふかしていた。このマンションには、久留米用の灰皿まである。

「うん。顔は似てる。最初はホントに驚いたんだけど、でも中身は全然違うよ。貴史くんは、絶対自殺なんかしないだろうなぁ」

「関西弁の奴は自殺しないのか？」

「そんなわけないだろ。久留米、関西の人ダメなの？」

「なんかあの言葉がなァ。ケンカ売られてるみたいだろ」

「へえ。おれ好きだけど、関西弁」

魚住が自由にはなったものの、手錠がついたままの手首をさする。久留米が引っ張った時に内出血したのだ。痣《あざ》にならないように……などという細かい配慮まではしないのが久留米という男である。

「それ早く外しちまえよ」

「ここの留め金のところを壊せばいいんだろうけど、ここ工具とかないから」

「普通はペンチとかニッパーくらい……っくしょいッッッ」

はい、と魚住はティッシュペーパーを箱ごと渡した。

「……くそう。春はこれだから嫌なんだ。大ッ嫌いだぜ、春なんか」

「裏門の桜、もう全部散っちゃうかな」

「だろ。次は八重桜だ」

久留米が鼻をかむ。

魚住は思い浮かべる。はらはらと舞うように身を投げていく花びらたち。咲くことも散ることも惜しみなく、季節の通過点にすぎないことになんの疑いも抱かず、降るように散る花。

「……あ」

記憶の箱が転がり、またひとつ、忘れていた出来事が顔を覗《のぞ》かせる。

「なんだよ」

「思い出した」

「なにを」

久留米が屑籠《くずかご》に向かって使用済みのティッシュを放る。入る。心中でナイスシュート、と自分を褒める。

「久留米が呼んだんだ」

魚住が高い空を見るような目をして言った。

「ああ？」

「あの日、裏門の桜の下で日下部先生がおれに言ったんだ……一緒に行かないかって。どこか、遠いところに行かないかって」

「あの日って、消息が摑《つか》めなくなった最後の日か？」

「うん」

魚住が頷《うなず》く。

「そいつ、なんでおまえを誘ったんだ？」

久留米には、そもそもそれが疑問だった。魚住に感化されたり、同調したりするタイプの気持ちを久留米は理解できない。

「さあ……なんでかな。ただ、その前の日、先生はおれに『幸福になりたいか』って聞いたんだよな。うんうん、思い出した……そうだ」

「それで？　おまえはなんて答えたんだよ」

「見てみたいって言った」

「なに？」

「おれは幸福っていうものがどういうものなのかわからないから、なりたいのかどうかもわからない。でも、そういうものが本当にこの世の中にあるんなら、それを見てみたいって言ったんだ」

「見るだけか？　幸福になる、じゃなくて？」

「うん」

見られれば十分だと魚住は思ったのだ。

幸福なんて全然わからない。

どこにあるのか。

本当にあるのか。あるならば見たい。

見られたなら、自分もそうなる方法がわかるかもしれないと思った。けれどもそれは絶対に目には映らないものだと、魚住も本当は知っている。魚住にとって不幸の形ははっきりしているけれど、幸福はあまりにぼんやりと儚《はかな》い。

だから最後まで、見ることはないのだろう。

「日下部先生は、幸福を見に行こうよって言った。嘘だってわかってたし、先生もそんなこと承知で言ってた。先生が死にたがっているのをおれはもう知ってたし」

「…………」

「でもその時さ」

魚住が久留米を見た。短くなった煙草を銜《くわ》えたまま、久留米は黙っていた。

「久留米がおれを呼んだんだよ。久留米はほかにも何人かと一緒にいて……確か飲みに行くかなんかっていう話をしていたんだと思う。日下部先生と反対の方向から、久留米がおれを呼んだんだ。魚住、おまえも来いよ、って。でかい声で」

「そんなことあったか？」

「うん。あったんだよ。おれも忘れてたなぁ、長いこと。……それで、おれは……どうしてなのかわかんないけど……久留米のほうに行ったんだ」

小さく会釈をして、魚住は日下部に背を向けた。

日下部とは行けなかった。

久留米が呼んでいたから。

途中で一度だけ振り向くと、日下部は桜の下で静かに笑っていた。

「おれは覚えてねぇ」

あっけらかんと久留米が言う。覚えていないし、自分にとってはどうでもいいと言わんばかりの声音だ。魚住のほうも「ま、昔のことだから」とあっさりその話題を収束させた。

「久留米、今日は泊まってくの？」

「あー。もう帰るの怠《だる》いしなぁ……。ああそうだ。ほれ。一応、みやげ」

久留米が空港名入りの紙袋を魚住に渡す。

「あっ。あっ。トラピストクッキーだ！」

まるきり子供の顔になって、魚住が喜んだ。

腰掛けている久留米の前で、自分は床にぺたりと座り込み、バリバリと包装紙を破っている。魚住は最近菓子をよく食べる。味覚障害の頃が嘘のように食べ物に執着するようになってきた魚住に、久留米は窘《たしな》めるように言った。

「おい。ひとりで全部食うなよおまえ。濱田さんとこ持ってけよ。なんかすげえ心配してたぞ、おまえのこと」

「うん。そうする」

「あの人とは、どうなってんのおまえ」

「どうって？」

「だからさ」

「はあ？」

「………いいや、もう」

「濱田さんと寝たかってこと？」

直球で尋ねられ、久留米はやや困惑したのだが、魚住は勝手に言葉を続けた。

「それならしてない。おれ濱田さんのこと、そういうふうには見てないし」

「へえ」

内心ホッとした自分を、久留米は大急ぎで忘れることにして、煙草を揉《も》み消した。

「あれ？　これ」

魚住が紙袋の底からなにかを見つけて、ごそごそと取り出す。

「こら、そっちはダメ。それはおれのだ」

魚住が発掘したのは、口の開いた小さな袋だった。

バター飴《あめ》だ。

だが中は空の一歩手前で、たった一個が白っぽい粉を纏《まと》って残されていた。

「うそ！　なんでこれしかないんだよ！　おれバター飴大好きなのにっ」

「そんなこと知らねーよっ。それはおれが自分用に買って食べてたヤツの残りなんだよ。それで最後なんだから……アアッ！　この野郎！」

ぱく。

貴重な最後の一個を魚住は自分の口に放り込んでしまった。そして上目遣いに久留米を見上げて、

「もう食っちゃったもん」

と開き直る。久留米はネクタイを緩めようとしていた手もそのままに、芝居がかった溜息《ためいき》をついた。

「あーあァ、もう、信ッじられねぇな。意地汚いったらないね、おまえ。幼稚園児並みだよホント。おれが楽しみにしてた最後の一個を、躊躇《ちゅうちょ》なく……」

「久留米はたくさん食ったんだろ」

「そんなに食ってねーよ。ホントはもっと買ってくるはずだったんだけど、空港で時間がなかったんだよッ」

「でもこの一個以外は自分で食べたんじゃないか」

外したネクタイをいいかげんに放り投げて、久留米がソファに寝転がった。

「バーカ、最後の一個ってのは、価値が違うんだよ。バカバカ。わかってねーなぁ。食い物の恨みは恐ろしいんだぞ。一生忘れないからな。末代まで祟《たた》ってやる。あーあ。おれのバター飴……」

「……甘ったるいもんは嫌い、っていっつも言ってるじゃんか」

魚住の声が少し小さくなる。

「バター飴は別なの。特別なの。ったく最後の一個だぜ。食うか？　普通」

「もー。しつこいなぁ。じゃあいいよ。返すよ」

はあ？　返すったっておまえもう食っちまったじゃねーか……と久留米が言おうとした時には、すでに魚住の身体が移動していた。

寝そべる久留米の顔の上に、魚住の顔があった。

いいかげん見慣れてはいるが、それでもやはり綺麗《きれい》だと思わずにはいられない顔。どこか幼い瞳《ひとみ》が、拗《す》ねたように久留米を睨《にら》んでいる。ごく間近に。やや乾燥気味の、珊瑚《さんご》色のくちびるが緩やかに開かれて、ぬらりと光る紅い舌が覗《のぞ》く。

「魚住？」

自分の声が上擦ってるのが、いささか腹立たしい。

ゆっくりと魚住の顔が下りてくる。細い前髪の毛先が、久留米の額にちくんと刺さる。前歯と舌の間に、白い飴を挟んだくちびるが、自分の口に触れた時、久留米の頭の中は真っ白になった。

いったい、なにが、起こったのか。

柔らかい感触の後に、舌がくい、と差し込まれる。

甘い飴を連れて。

久留米のくちびるの隙間から、白い塊が訪れる。それはカツンと歯に当たり、反射的に歯列を緩めると、舌の上に落ちてきた。

飴を運んでいるのは、それより甘い魚住の舌だ。

久留米の舌の上、飴を押さえるようにして魚住の舌先が触れる。そのままにしていると飴が喉《のど》に落ちてしまうため、久留米は自分の口腔《こうこう》内でその塊を安定させようと舌を動かす。それは同時に、まだ去っていない魚住の舌を搦《から》め捕ることになってしまう。

甘い。

なんて甘い舌。

「ん」

魚住が鼻にかかった吐息を漏らす。それすらとんでもなく甘く耳を擽《くすぐ》る。

久留米は混乱していた。魚住の行為にではなく、それによって引きだされた自分の感情にである。感情などという穏やかなものではなく、いっそ衝動に近い。

肩に力が入る。

筋肉が腕を動かそうとしているのだ。

両腕を動かして、魚住の身体を捕らえようとしている。搔《か》き抱いて、閉じこめて、息もできないくらいに抱きしめて、そして……。

おそらく、あと一瞬でも魚住が身体を離すのが遅かったら——久留米は自分の激情を抑え込むことができなかっただろう。しかし触れた時と同じように魚住のくちびるが唐突に離れると、その強い欲情は常識やら禁忌やらの枷《かせ》を再び纏《まと》い、久留米の動きを封じ込める。

「ちょっと減ったけど、ちゃんと返したからな」

魚住がもとの位置に戻りながら、文字通り菓子を取り上げられた子供の声で、不服そうに言った。

まだ手錠の残骸《ざんがい》をつけたままの手で、唾液《だえき》に濡《ぬ》れた自分の口を拭《ぬぐ》う。

「バ……バ……」

久留米は跳ねる心臓を抑えつけながら、罵倒《ばとう》の言葉を投げようとしたが、なかなか出てこない。

「バカかおまえはッ。食いかけを人によこすなッ！」

やっとの思いで言葉を吐き出す。

「久留米がしつこいからだ」

ふいとそっぽを向いた魚住の目元が、紅く染まっていた。けれども久留米には、それを確かめる余裕もなく、自分の気持ちを落ち着かせるだけで精一杯だった。

なんにしろ、春である。

桜は今年も咲くだろう。そして散るだろう。たったひとつの迷いもなく。

——数年後、アメリカの大手化粧品メーカーが新発売した香水の広告に、無名の日本人アーティストのイラストレーションが起用され、話題を呼んだ。

Inconsistency というフレグランスに添えられたイラストは、青年の姿をした美しい天使が両手を手錠で拘束されているというもので、若い世代を中心に人気を博した。

天使は手錠を架せられてはいるが、悲愴《ひそう》な顔をしているわけでもなく、かといって微笑んでもいない。

ただ斜めに顔をあげて、青い青い空を見ている。

「You look like this angel.（きみに似てるね）」

そう言って同僚の研究者が広告の切り抜きを見せた時、魚住は同意も否定もせず、黙って懐かしそうに目を細めた。

ハッピーバースデイ I

フワフワで、スカスカで、雲みたいで。

天真爛漫《てんしんらんまん》な兄は、それを『天使のケーキ』と呼んでいた。大きくカットされたシンプルな生地に、とろりと生クリームがかかり、皿の隅には季節の果物が添えられる。春ならイチゴ、夏ならマンゴーのピューレなどだ。

「一度、お母さんにスイカをリクエストしたんだ。真夏だったから。でも、あんまり合わなかった」

魚住が言うと、サリームは真面目な顔で頷《うなず》く。

「シフォンケーキにスイカはちょっと……」

「うん。水分が多すぎるみたい。シフォンの生地に赤い汁がついて、べちょっとなっちゃって。スイカはそのまま食べるのが一番いいな。あとね、春には桜のはなびらが飾ってあったりもした」

「それは素敵です」

「味はあんまりないよ、桜」

「香りがほんのりするのでは？」

どうだったかなあ、と魚住は首を傾げる。

七月の半ば、好天。表は暑いが、魚住とサリームは心地よく冷房の効いた喫茶店の中にいた。背中を濡らすほどだった汗もとうに引いており、こぢんまりとしたテーブルには、アイスティーとシフォンケーキのセットが二組載っている。

葦簀《よしず》を買いたいので、つきあってもらえませんか――サリームがそんな電話をかけてきたのは、先週のことだ。ちなみに魚住は最初、葦簀がなんのことかわからず、「いいけど、それなに？　食べモノ？」と聞いてサリームを笑わせた。なんでも、ベランダなどに立てかけて陽射しを遮るものらしい。そういえば夏になると、ゴザみたいなもので窓を覆っている家をよく見かける。

「無事に買えてよかったです。ちょっと大きいから、ひとりで運ぶのが不安で」

壁際に立てかけてある葦簀を見て、サリームは満足げである。丸めてあるとはいえ、結構な大きさだ。駅回りの商店では見つけられなくて、国道沿いのホームセンターまでバスに乗って出向いた。買えたはいいが、葦簀を持って再びバスに乗らなければならない。席を確保した魚住が縦にした葦簀を脚の間にしっかりと挟み、立っているサリームが手で支えた。バスが揺れて、葦簀は何度か魚住の顔にぶつかった。真新しい葦簀からは、なんだか草っぽい匂いがした。

「魚住さん、ありがとうございました。お時間を取らせてしまってすみません」

いつでも礼儀正しい友人が頭を下げる。つられて魚住もちょっとだけ姿勢を正した。

「いいよ。たまには外に出なさいって濱田さんにも言われてるし。久しぶりにスカスカのケーキも食べられたし。……こんな大きいのに、腹にたまらないよなあ、これ。一個丸ごと食べられそうだ」

「ホールの大きさにもよりますが、シフォンケーキならいけちゃいそうですよね」

それは偶然の出逢《であ》いだった。暑さに閉口して逃げ込んだ小さな喫茶店に、たまたまシフォンケーキがあっただけだ。顔には出ないが喜んでオーダーしたものの、思っていたものと少し違っていた。養母の作ってくれたシフォンケーキはこれよりさらにきめが細かかった気がする。それに、生地の色ももっと白くなかっただろうか？　それこそ雲か、天使の羽根かというように。

「お母さんのケーキ、とても美味《おい》しかったんでしょうね」

サリームが優しく微笑む。

「……うん。たぶん。おれ、あんまり昔のこと覚えてないんだけど……こんなふうになにかきっかけがあると、思い出すみたい」

自分でも不思議だった。魚住にとって、過去の出来事は遥《はる》か彼方《かなた》で揺れている陽炎《かげろう》のようなものだ。ゆらゆらと頼りなく、いくら手を伸ばしても触れることはできない。楽しい記憶ばかりではないから、無意識のうちに思い出さないようにしているのかもしれない。いや、楽しい思い出だったとしても——それをなくしているいま、記憶を辿《たど》ったところでなんの意味があるのだろうか。

フワフワでスカスカのシフォンケーキ。いまはいない家族の笑顔。

「これって、作れるのかな」

最後の一口を凝視し、魚住は呟《つぶや》いた。とうに自分のぶんを食べ終えていたサリームが「そんなに難しくなかったと思います」と答える。

「以前、お菓子の本で見ました。卵白の泡立てが大変だったような……挑戦してみましょうか？　魚住さんのところのオーブンをお借りできれば、ですが」

料理全般を得意としているサリームがそう提案してくれる。サリームのアパートにはオーブンがないが、魚住のマンションには養母が使っていたものがあるのだ。探せば、ケーキの型なども見つかるかもしれない。

あの天使のケーキ。幸福のケーキ。誕生日にはいつも焼いてもらえた。いつもと言っても、魚住が家族と過ごした年月はそう長くはなかったけれど。

器用なサリームのことだから、きっと上手に焼いてくれるだろう。養母の作ってくれた真っ白なケーキを再現してくれるに違いない。

けれど、なぜか心が動かない。

なぜだろう。とても食べたいはずなのに。

「……あのさ」

「はい」

「おれには無理かな」

しばらく、間があった。

自分でケーキを作るのは無理だろうか――魚住の問いかけに、サリームが困惑しているのがわかる。優しい男なので顔には出さないものの、内心では「それは無理」と即答しているはずだ。

魚住はちょっと珍しいくらい不器用な質《たち》なのである。不器用というより集中力が足りない。唯一ぼんやりしていないのは、研究室で仕事をしている間くらいだ。あるいはそこで集中力を使い切ってしまっているのかもしれなかった。いずれにしても、ホットケーキですらまともに焼けない魚住である。シフォンケーキが作れるはずがない。

「……無理、だよね。ウン」

サリームが答えるより早く、自分で納得する。魚住だって、たまには他人の考えを察するのだ。

「いえ……あの、待ってください」

「いいんだ。自分でも無謀だと思う」

「そんなことは」

「おれ、小麦粉と片栗粉の違いもわかんないし」

「小麦粉は小麦で、片栗粉はじゃがいもの澱粉《でんぷん》……じゃなくて。やる前から諦《あきら》めちゃだめです」

「なんで？」

魚住はそう尋ねた。べつに拗《す》ねたわけではない。素朴な疑問をぶつけただけである。

「おれの性格や適性を考えるとさ、どう考えたってケーキ作りには向いてないよ。さんざんやって、やっぱり無理だとわかったら材料も時間も労力ももったいないじゃない。最初からやらないほうが利口だと思う」

「……魚住さん、たまにすごく理系な考え方しますよね」

サリームが意外そうな声を出すので、さすがに魚住も「理系だよ。一応」と言っておく。日常生活においてはあまり物事を深く考えない質の魚住だが、いざ考える時には論理的な思考になるのだ。もっともそれは年に数度のことで、あとはひたすらぼんやり生きているのだが。

「そうでした。魚住さんは理系でした……研究室での実験では、細かい作業もするんでしょう？」

「うん」

「ならばシフォンケーキ作りもできるはずです。免疫細胞に比べれば、シフォンケーキなんか遥かに大きいじゃないですか」

「や、そりゃそうだけど……」

比べる対象として、なにか変な気がする。だがサリームはがばり、と上半身を前のめりにして「魚住さん」とつぶらな瞳《ひとみ》を向けてきた。

「やってみましょうよ。お手伝いします」

「……でも……うーん……サリームと一緒なら、作れるのかなあ……」

「大丈夫。作れます」

躊躇《ためら》いなく太鼓判を押してくれるサリームを見ているうちに、次第にその気になってきた。ひとりならばともかく、心強い味方がいればなんとかなるかもしれない。

「……じゃあ……やってみようかな……」

小さな声で言うと、サリームが白い歯を見せて笑い、「僕、レシピの勉強しておきますね」と張り切った声を聞かせてくれた。

「ケーキ？　あいつが？」

「そう」

「味噌汁《みそしる》も作れないのに、ケーキ？」

「なんで味噌汁が出てくるのよ。味噌汁とケーキじゃ全然違うじゃない」

マリに突っ込まれ、久留米は「そうだけどさ」と煙草を出した。魚住のマンションへと向かう道すがらである。

「でも味噌汁なら、湯沸かして顆粒出汁《かりゅうだし》と味噌と豆腐入れりゃいいんだぞ？　それですら、あいつがやると妙に塩辛かったり、薄かったりするんだ。その程度の料理センスしかない奴がケーキを焼けるか？　プールでバタ足もできないのに、ドーバー海峡を渡ろうとするようなもんだ」

「そんな無茶に挑戦する勇気を褒めてあげなさいよ」

「勇気があるのは、そのケーキを食うおれたちなんじゃないのか？」

久留米がそう返すと、マリは声を立てて笑い「言えてる」と同意した。久留米は歩きながらライターを手にしたが、向かいから小学生の一団がきゃいきゃいとやってきたので、火はつけないままにしておく。子供たちはそれぞれプールバッグを提げ、髪の毛はまだしっとりと濡《ぬ》れていた。

「しっかし、暑いわねー」

白いワンピース姿のマリが空を見上げる。このところ東京は真夏日が続いていた。ことにアスファルトの上を歩いていると照り返しが厳しい。マリの耳を飾る大きなリングピアスが、夏の太陽にきらきらと輝いていた。

「おまえ、魚住んち行くのに、なんでそんなカッコしてんだ？」

「そんなカッコってなによ」

「いつもよりひらひらしてるだろ」

マリは久留米を睨《にら》むように見て溜息《ためいき》をつく。

「つくづく語彙《ごい》のない男ね、あんたって。いつもより可愛いね、くらい言えないの？」

「言えねえなァ」

あっさり答えた久留米の横を、子供たちが風のように駆けていく。ふいに、鼻の奥が懐かしい塩素の匂いを感じ取った。学校のプール独特の匂いだ。本当に匂ってきたわけではなく、久留米の記憶が呼び覚ました匂いかもしれない。

「だってさ、今日は響了ちゃんもお呼ばれしてるじゃない？　お洒落《しゃれ》しなきゃ」

「濱田さんが来てるから、ならわかるけど、なんで響子さんが出てくるんだ？」

「わかってないわね。ファッションチェックが一番厳しいのは女同士なの。……ええと、そうすると全部で何人かしら」

マリが指を折って数える。いつもの四人に加えて、響子と濱田を加えると六人だ。伊東も来たがっていたらしいが、バイトが入ってしまったと聞いている。

「勇気ある六人が、ケーキを食うわけか」

「シフォンケーキらしいわよ」

マリが楽しそうに言う。

「なんだよそれ」

「知らない？　すごくフワフワした生地の、シンプルなケーキ」

「知らん。食ったことはあるかもしれないけど、いちいち名前なんか覚えてない」

「でしょうね。あんたなら」

「けどなんで、いきなりケーキなんだよ？」

久留米は煙草に火をつけようとして、結局やめた。もう魚住のマンションはすぐそこだ。エントランスの前で消す羽目になる。

「どっかのお店でサリームと食べて……昔、お母さんがよく作ってくれたの思い出したんだって」

「へえ」

マンションに入り、エレベータに乗る。『閉』のボタンを押しかけたところで、「待ってぇ」という声が聞こえた。

「響子ちゃん」

「マリさぁん。はぁ、暑い。後ろ姿見えたから、走ってきちゃった……」

息を切らしながら乗り込んできた響子が、久留米を見てぺこりと会釈する。久留米も「どうも」と挨拶《あいさつ》を返す。いつも綺麗《きれい》に揃っている前髪をいくらか乱した響子は、目にも鮮やかなブルーのスカートをはいていた。

「響子ちゃん、スカート綺麗ね」

「わ。嬉《うれ》しい。マリさんのワンピもすごく素敵です。夏の白はいいですよね」

なるほど、いきなりファッションチェックである。久留米は点滅していく階数表示を見上げながら、女って面倒くせえなあと思ったが、もちろん口にはしない。

魚住の部屋に着くと、出迎えてくれたのはサリームだった。

「ああ、ご一緒でしたか。よかった、これでみんな揃いましたね」

家主の魚住はといえば、「いらっしゃい」もなくキッチンでなにやらガチャガチャやっている。通りすがりにちらりと見えた横顔はいつになく真剣で、なめらかな頬に白いものがぺたりとついていた。どうやらクリームを泡立てているらしい。細い身体に、赤いエプロンが巻きついていた。

「や、久留米くん。ビールあるよ？」

この席では一番年嵩《としかさ》の濱田に愛想よく言われ、つい「あ、どうも」と缶ビールを受け取ってしまった久留米だったが、よく考えてみればこれからケーキを食べるのだ。その前にビールというのはどうなのだろうか。けれどローテーブルには乾き物のつまみも用意されていて——と思ったら、今度はサリームが美味《うま》そうな焼き鳥を運んできた。

「ケーキはもう少し時間がかかりますから、飲んで待ってましょう」

にこにことサリームが言い、焼き鳥に七味を振る。久留米の目の前では、響子とマリが「かんぱーい」と缶を合わせている。こうなるとすでにただの飲み会だ。デザートにケーキが出るのがいつもと違うだけである。

まあいいか、と久留米もプルトップを上げる。

渇いた喉《のど》に染みる炭酸を堪能《たんのう》しつつ、キッチンを見た。魚住はまだ必死にクリームと格闘中だ。肝心の生地のほうは焼けているのだろうか。

「大変だったらしいよ」

やはり魚住のほうを見ながら、濱田が言った。

「サリームくんという参謀がいたにもかかわらず、この十日で挑戦すること三回、そのすべてが失敗に終わったそうだ」

「僕がいけないのです。シフォンケーキを甘く見ていました」

胸に手のひらを当て、サリームが本当に申し訳なさそうな声を出す。

「いや、あいつが不器用だからだろ」

「はは。久留米くん、そんな身も蓋《ふた》もない」

濱田は笑ったが、サリームは悲しげな顔だ。

「いいえ、シフォンケーキはシンプルなだけに奥が深いのです。三回目にはそこそこ形になったのですが……魚住さんの納得のいく出来ではありませんでした。きめが粗くて舌触りがよくないと」

「まあ、魚住ったらパティシエみたいね」

「マリさん、本当に難しいんですよシフォンは。卵白の泡立て加減が微妙なんです」

へーえ、とマリが頷《うなず》く。

「メレンゲってやつよね。そもそも、なんで卵白ってあんなふうに泡立つんだろ。黄身はだめなのよね？」

「黄身には脂質があるからね」

濱田が答え、響子がつけ足す。

「そうですね。あと、卵白のタンパク質には気泡性があるからだったと思います。ええと、なんていうタンパク質だったかな……」

「……オボアルブミン」

ぼそりと答えたのは、いつのまにかこちらに来ていた魚住だった。ボウルを抱えたまま、ぼうっと突っ立っている。顔だけではなく、髪にまでクリームが飛んでいた。

「うわ、なんだおまえ。びっくりするだろ」

驚いた久留米を見下ろして、魚住は鼻の下についたクリームを手の甲で拭《ぬぐ》った。

「……オボアルブミンが空気に触れて、硬さのある膜状に変性するから、メレンゲが安定して弾力ができるんだよ……けど、やたら泡立てればいいってもんでもなくて、そうするとケーキのしっとり感がなくなっちゃうし……」

「魚住くん、化学の講義もいいけど、ケーキはどうなんだい。ちゃんとできたの？」

濱田の問いに、いつもの無表情でコクリと頷いた。それからサリームに向かってボウルを見せ「生クリーム、こんなもん？」と聞く。久留米もつられてボウルを見た。銀色の器の中、真っ白なクリームが柔らかな渦を作っている。

「はい。上出来だと思います」

「……じゃ、生地を切り分けようかな」

「お手伝いしましょうか？」

サリームの申し出を魚住は「いい。自分でする」とはっきり断った。意固地になった子供が、大人の手伝いを拒むような顔だ。濱田が肩を竦《すく》め「手出しは無用らしいね」と小さく笑う。

魚住はキッチンに戻った。しばらくは皿同士のぶつかる音などが聞こえていたが、やがて顔だけをリビングに向けて「久留米」と呼ぶ。

「なんだ」

「ちょっと来て」

「なんで」

「いいから」

ご指名とあれば仕方ない。久留米は缶ビールを持ったまま立ち上がり、リビングと繫《つな》がっているダイニングキッチンへ入る。テーブルの上には綺麗とはいえない切り口のスポンジケーキが並べられていた。一番近くにあったものをチョイと指先でつついてみると、なるほど普通のスポンジより、もっとふんわりしていた。

「へえ。真っ白な生地なんだな」

久留米の言葉を、魚住はいたって生真面目に「うん」と肯定する。

「黄身を使わないと、こうなるんだ」

「美味いのかよ」

「たぶん」

「たぶん？　塩と砂糖を間違ってないだろうな」

「間違ったら、こんなにちゃんと膨らまない。……なあ、どれがいい？」

「は？」

「同じに切ろうと思ったんだけど、微妙に大きさが変わっちゃったんだ。……久留米は大きいの取っていいよ」

声を低くして、そんなふうに言う。子供が内緒話をしているような口調だ。いや、べつに大きくなくてもいい——と言うのはさすがに躊躇《ためら》われた。

魚住という男はなんにつけ物事への執着が薄いタイプなのだが、このケーキへの思い入れは特別らしい。真剣な顔で「これが一番おっきいと思う」と差し出された皿を受け取り、久留米は「そうか。うん。じゃあ」と受け取るしかなかった。

不格好にカットされたケーキでも、生クリームがかかれば格好がつくものである。全員に皿が行き渡ると、魚住はみんなから賛辞をもらった。

「すごいわ、魚住くん。上手《うま》に焼けてる」

「うん、タンパク質の変性が上手くいってるね」

「へーえ。やればできるじゃないの、あんた」

「魚住さん、諦《あきら》めないでよかったですねえ」

口々に褒められ、魚住は珍しく頰を上気させていた。久留米は特になにも言わず、とろりとスポンジから流れているクリームを眺める。食べるまで味はわからないが、まあ、上手く焼けてはいるのだろう。

「では、いただきましょうか」

サリームの合図にみながフォークを手にした時「あ。待って」と魚住がストップをかけた。

「魚住さん？」

「ええと、ちょっと待ってて。……一応、これをしとかないと……」

エプロンのポケットをごそごそと探り、魚住はなにやら取り出す。

手の中に収まっているそれは、いわゆるクラッカー……食べるほうのではなく、鳴らすほうのクラッカーに見えた。

ぱんっ。

どこか空々しい音を立て、クラッカーが弾《はじ》ける。

テープがでろでろでろっ、と飛び出てきて、クラッカーから垂れ下がった。散らからないようにと工夫されているタイプらしい。

「誕生日、おめでとう」

魚住が言う。

ほかの全員はぽかんとして、互いの顔を見合った。「え、誰が誕生日なんですか？」「なになに、なにも聞いてないわよ」「久留米くんか？」「いや、おれじゃないですよ」

「あっ！」

最後に短く叫んだのは響子だった。口を開けたまま、魚住を凝視している。つられて、みなも魚住のぼんやりした顔を見た。

「うん。おれ」

まだクラッカーを持ったまま、普段通りの無表情で魚住が言う。サリームが濡《ぬ》れた飴《あめ》玉《だま》みたいな目を見開いて「ほ、本当に？」と聞く。かなり驚いている様子だ。

「うん。たぶん、今日」

「たぶんっておまえ、自分の誕生日だろうが」

内心ではやはり驚いていた久留米なので、つい怒るような口調になってしまった。けれど魚住は相変わらず淡々と「正確なところはわかんないから」と返す。

「乳児院の人が、だいたい今日あたりだろうって、届けを出してくれたんだ。そんなわけで、誕生日おめでとう、おれ」

そうだった。魚住は孤児であったがゆえに、本当の誕生日を本人も知らないのだ。

「お、おめでとう魚住くん。わ、忘れててごめんねっ」

この中では唯一、魚住の誕生日を知っていたらしい響子が、露骨に慌てて謝る。続けてサリームもマリも濱田も慌ててそれぞれの「おめでとう」を口にした。魚住はたいして嬉《うれ》しそうな顔でもなく、ただ「うん」と繰り返すばかりだ。久留米だけが、相変わらず狐に抓《つま》まれたような心持ちで、祝いの言葉を口にしていない。

「……なんなの、おまえ」

その代わりに、疑問をぶつけてみた。魚住はケーキ皿を手にし、「ん？」と久留米を見る。

「普通、自分で自分の誕生日を企画するか？」

「しないのか？」

「しねえよ」

「ふうん。でも、おれ、みんなにケーキ食べてほしかったから」

あぐ、とケーキを口に入れて魚住は言った。

「……ん、いける。結構うまいよ」

「う、魚住さん……言ってくれれば、僕がバースデイ・パーティを企画したのに」

動揺を隠せないサリームに、魚住は「いいの、いいの」と二口目を食べる。

「おれがしたかったんだ。……よくわかんないけど、突然思ったんだよ。誕生日にみんなでケーキ食いたいなあって。おれが生まれた日に、みんなで天使のケーキ食えたら、なんかいいんじゃないかなあって」

天使のケーキ。魚住は真っ白なシフォンケーキをそう呼んだ。

「いままでは……誕生日がきても『おめでとう自分』って気持ちにならなかったんだけど、今年はちょっとなったみたいだ」

なんでかな、と魚住が呟《つぶや》く。マリの声が少し震えて「やだ、もう、あんたってば」と魚住の首に抱きついた。濱田が「もう一度乾杯しよう。魚住くんに」と言いだして、全員がグラスや缶ビールを手にする。おめでとうを繰り返され、魚住は少しばかり擽《くすぐ》ったそうだった。ケーキはきめ細かくふんわりと焼けていて、すぐにみんなの皿が綺麗《きれい》になる。もちろん久留米も全部食べた。

不思議な食感のケーキだった。

ほんのり甘く、しっとりと舌に載った時は存在感があるのに、嚙《か》めばたちまち溶けてしまう。摑《つか》み所がなく、曖昧《あいまい》で、けれど心惹《こころひ》かれる。手を伸ばしたくなる――まるで、誰かのようだ。

久留米だけがおめでとうと言っていない。

もちろん心の中では盛大に祝っている。魚住がこの世に生まれてきてよかったと、久留米は本気で思っている。生まれてなければ、出会うことすらなかったのだ。

おめでとう。

誕生日おめでとう。

簡単な言葉なのに、口にできない。最初を逃してしまったので、タイミングが難しくなった。困り果てた久留米は、「もう一個」と魚住にケーキ皿を突きつける。

魚住が微笑んだ。

ケーキのように、ふわりと柔らかい表情だった。

彼女のWine，彼のBeer

1

どうして新東京国際空港というくせに、千葉県にあるのだろう。

久留米充《みつる》は慣れない左ハンドルを捌《さば》きながら、煙草のフィルターを噛んだ。

べつに、千葉県にあっていけないわけではない。その名称に問題があるのだ。千葉国際空港にすればいいじゃないか。下手に東京、などとついているからこんなに遠いと腹が立ってくるのだ。だいたい、千葉県民は人が好《よ》過ぎる。黒い耳のネズミがやたらと出張るあの遊園地だって、東京とつくのに千葉県浦安《うらやす》市にあるじゃないか。

そういったどうでもいいことをつらつらと考えながら、空港への道をひた走る。なにか考えていないと落ち着かない。どうして落ち着かないのかというと、今日これから、約一か月ぶりにある友人の顔を見ることになるからだ。

元気なのだろうか。

たぶん、いつもどおりぼうっとした顔で帰ってくるのだろう、あの男は。

道はそう混雑はしていない。だが久留米はあまり飛ばさず、慎重に運転していた。自分の車ではない。傷でもつけたら、事である。

「おまえさ、こんな高級外車誰から借りてるんだよ」

後部座席に向かって問いかける。

「最近あたしに入れあげてるヒト。父親が動産も不動産もそりゃもう、ブンブンうなるほど持ってて、独身なのに3LDKの渋谷《しぶや》区のマンションに住んでて、車も国産車一台に外車二台。小学校から有名私大付属に通って、そのままぬくぬく大学まで卒業して、大真面目な顔でアメリカの首都をニューヨークって言うオトコ」

広々としたシートに、長い脚を組んで座っているマリがそう答えた。大きく襟の開いた麻のワンピースは、濃茶をベースとしたエスニックな柄だ。今年は肌を小麦色に焼いているマリによく似合っている。

「……そこまでバカだとある意味すげぇな」

「自分ではそう思っていないところがますますすごいのよ。きっとあのヒト、まだ東ドイツがあると思ってる」

「おまえさ、最近男の趣味よくないぞ」

「おかげさまで昔っから男運がなくてねー。なにしろかつては、あんたとつきあってたくらいなんだから」

そう言われてしまっては、なにも言い返せなくなる。つきあっていたのは本当のことだからだ。マリと久留米は大学在学時代は恋愛関係にあった。久留米としてもその事実を忘れているわけではないのだが、いまでは友人としてのマリのほうが、当時の恋人としてのマリより大きな存在になっている気がする。

不思議な女だと、しみじみ思う。

「でも言っとくけど、この車の持ち主とはべつにつきあってるわけじゃないわよ。勝手に向こうが言い寄ってくるだけだもん。この車だって、貸してくれなんて頼んでないし。友達を成田に迎えに行かなきゃ、って呟いただけよ」

「それでなんで車を貸してくれるんだ？　普通は本人もついてくるんじゃないのか？」

「ついてきたわよ」

「まさか、追い返して車だけ借りたのか？」

「そう。タクシーで帰ったわ。アハハ」

「………」

「しょうがないでしょ。しつこいんだから。そうまでされても、あたしがいいって言うんだから。崇《あが》め奉られてんだもん、あたし。神様は信者を選べないのよ」

「おまえもしかして、自分が神様だとか言ってる？」

「女をすぐ女神様に仕立てたがるのは、男のほうじゃない」

久留米は言葉もなく、灰皿に煙草を押しつけた。

「ま、でも、車あったほうが便利でしょ。魚住だって荷物あるんだしさ。迎えに行くってメールしたら喜んでたもの」

「まあな。けど、なんだっておれまで行かなくちゃなんないんだ？　しかも運転して。おまえのほうが左ハンドル慣れてるじゃねーか」

ごねるような口調になったが、久留米は来たくなかったわけではない。

あるいは来たかったのかもしれない。けれどもそれを認めるわけにはいかないのが、久留米のスタンスなのである。

「だいたい、サラリーマンには貴重な日曜なんだぞ」

そう言いながらバックミラー越しにマリを見ると、長いメンソールの煙草に火をつけてハーッと、派手な溜息《ためいき》ごと煙を吐いた。

「だって運転すんの面倒なんだもん。それにさ、あんたがいたほうが、魚住が喜ぶじゃない」

「……なんで」

「そんなこと自分で考えなさいよ、このアンポンタン」

アンポンタン呼ばわりされてしまった久留米は、もともと愛想のよくない顔をより険悪にしてギアをトップに入れた。高級外車が加速する。成田空港はもうすぐだ。魚住を乗せたユナイテッド便は、あと三十分ほどで到着の予定だった。

魚住――魚住真澄。

久留米にとって魚住は大学時代からの友人だった。

いや、現在でも一応友人ということになっている。いやいやいや絶対友人である。断じてそれ以上の関係ではない。と、久留米が思わず力んでしまうのは、すでに友人以上のものに変わりつつある自分の気持ちに気がついているからだ。

今年の初めに同居を解消してからは、その自覚はますます強くなった。

子供の雰囲気と、少年の面影と、青年の身体つきを併せ持っている男。稀《まれ》に笑うと見ているほうがドキリとする。それは容姿が優れているからでもあるが、さらに久留米の場合、特別な感情を持ってしまっているが故の動揺なのだろう。

魚住をただの友人だと思い込むことに限界を感じて、自分の部屋から追い出した。

そこまで追いつめられているくせに、芽生えてしまったこの感情を、久留米は認められずにいる。一時の気の迷いだと思い込もうとしている。本当はわかっている。そのくせ、わかっているという事実を無視している。このへんが、マリに言わせるとアンポンタンなのであろう。

久留米は魚住のくちびるを、知っている。いわゆるキスというものとは、いくぶん違ってはいたにしろ、魚住の舌すら知っている。春先のことだった。

目眩《めまい》がするような感覚だった。久留米は自分の腕が、勝手に魚住を抱きしめてしまいそうで――気持ちより身体が先に動いてしまいそうで、実際のところ少し怖かった。

その後、魚住は本分である研究と学業に忙しかったし、サラリーマンな久留米も決算で忙しかった。夏になってからも、ふたりきりでは会っていない。八月に入ると、魚住は大学の日野教授のお供で、アメリカに三週間の研修旅行に出てしまったのだ。通訳係である。魚住は英語が達者なのだ。日本語は不自由なくらいだが。

空港の手前が少し渋滞していて、久留米とマリは予定より二十分ほど遅くなった。だが予定の便も、気流の関係で多少遅れたらしい。

ちょうど、カートをガラガラと押しながら、乗客たちが出てき始めたところだ。

「魚住！　濱田センセ、こっちよ」

マリがふたりを見つけて手を振った。

久留米は腕組みをして突っ立ったまま、濱田に向かって会釈をした。その後、目線だけは近づいてくる魚住に向ける。

いつもと同じ、感情の見えにくい表情。また少し、痩《や》せたかもしれない。

日本にいても、日常生活では子供がひとりで暮らしているかのように、覚束《おぼつか》ない魚住である。海外に三週間もいるというのは、結構なストレスなのではないだろうか、などと久留米は思う。疲労で落ち窪《くぼ》んだ目をしていても、やはり綺麗《きれい》な男だった。

「やあ。マリさん、久留米くん、悪いね。せっかくの日曜日なのに」

滑舌のよい挨拶《あいさつ》をしたのは濱田だ。

「いいのよ。どーせ、久留米だって暇なんだから。あら、日野教授は？」

「ああ、教授は娘さんが迎えにいらしてるから大丈夫。本当に助かるよ。なにしろこの荷物だからねぇ。なぁ、魚住くん？」

「え。あ……はい」

魚住はぼんやりとしたまま、気の抜けた返事をした。返事はしたが濱田を見ていない。焦点のブレた視線は、久留米に向けられている。

「なんだおまえ、一段とぼんやりして。日本語忘れたのかよ」

おかえり、でもなく、お疲れ、でもなく久留米の第一声はこれであった。言葉で魚住を甘やかすなどということは、久留米にはできない。

「そんなことは……ないけど……」

ゆらり、と魚住の細い身体が揺れる。

「おい？　魚住？」

「……く、……」

ぐらり、と前傾した。慌てて、久留米が抱き留める。腕の中に収まった途端に、ガクンと魚住が全身脱力した。

「ななな、なんだ？　おいっ、うおずみっ」

「どうしたのよ？　貧血？」

マリも驚いて魚住を覗《のぞ》き込む。久留米の肩口にある魚住の顔は、特別青ざめた様子もない。呼吸も平静で……いや平静というよりも……。

すやすや、である。

「寝てるわよ。この子」

マリの呆《あき》れた声に、一拍おいて、濱田が噴き出した。

帰りの運転はマリがした。

助手席には濱田が座っている。久留米は不本意にも魚住を抱きかかえたままで、後部座席に乗り込んだ。

「なんなんだ、いったいこいつは」

「眠れる森の王子様だわァ」

慣れた手つきでハンドルを操りながらマリが笑う。

「普通、こんな唐突に寝るか？　立ったままで寝るかよ？」

久留米の胸に頭を預けて、いまだ魚住はくうくうと眠っている。緩く口を開いたその寝顔は、まるきり無防備な子供だ。

「魚住くん、疲れてるんだねぇ」

「そういう問題ですか、こいつのこれは」

なんだかんだ言いつつ、それでも魚住をどけようとはしない久留米は、おかげで煙草も吸えない。マリの運転はやたらと荒っぽく、抱えるようにしていないと、熟睡している魚住が座席から滑り落ちそうで危ない。

「センセ、魚住アメリカではどうだったの？　ホームシックになってなかった？」

「いや、僕が思ってたよりずっとちゃんとしていたけどね。日本にいる時よりしっかりして見えたくらいだ。どうしてなのかな、魚住くんは英語で喋《しゃべ》るほうが、きちんとしてるねえ。ディベートしてても優勢だった」

「あはは。変な子」

その件に関しては久留米も同感である。魚住は変だ。いろいろと変だ。問題は、最近自分までいささか変であるという点だ。

「食事もちゃんとしてたしね。アルコールは控えてたけど。でも、ここ二、三日……ちょっとおかしかったかな？　落ち着きがないっていうか。あんまり食べなくなって、夜もよく眠れていなかったみたいだ」

「ああ、それって」

マリは言いかけ、ハンドルを握ったまま煙草を銜《くわ》え、顔をツイ、と濱田のほうに向けた。火をつけてくれ、ということらしい。

「あたしがメールした頃じゃない？　迎えに行くよーってさ。ン、サンキュ」

火をもらって、銜え煙草のままマリは続けた。

「久留米も一緒に、行くからって」

久留米の胸の上で、魚住がくふん、と鼻を鳴らした。まだ起きる気配はない。

「あ、そうか。それでか」

「そうよ。それでよ」

「なんだよ。なにがそれでなんだよ」

前のふたりだけが納得したような声を出したことに、久留米が文句を垂れる。

「あー、やだやだ、鈍いわねェ」

　マリが、説明するのもだるいという声を上げながら、乱暴にカーブを切る。その揺れで魚住の身体が久留米に密着した。柔らかい頬が鎖骨のあたりに押しつけられる。

「会いたかったんだなぁ、久留米くんに」

　マリの代わりのように、濱田が言う。

「会った途端に、安心しきっていままでの疲れがどっと出た、ってとこかな」

「……なんですか、そりゃ」

「言葉のままの意味だけど？」

　半分だけ後ろを向いて濱田が笑う。嫌みな笑みではない。眠りこける魚住を見て微笑んだのだ。

　高級外車は高速を下りて、一般道に入る。

　車窓越しに入る、残暑の光が眩《まぶ》しい。魚住の瞼《まぶた》に光が当たらないように、久留米はそっと身体を動かした。


「魚住さん？　ご飯できましたよ」

　ちょっと不思議なイントネーションの、優しい声が魚住の耳を擽《くすぐ》る。

「ご飯ですよ、魚住さんの好きな鯵《あじ》のたたきと、豚汁もありますよ？」

ああ。

鯵のたたき……豚汁……それがどんなに食べたかったことか。

あと、それから、

「ごはん……ふりかけ……」

「はいはい、ちゃんとのりたまも買ってあります」

半分眠ったまま、魚住がほわんと微笑んだ。のりたま。なんて幸福な響きだろう。のりたまとごはん。

「こーら、いいかげん起きなさい魚住!」

違う声とともに上半身をグイと引き起こされ、魚住はようやく目を覚ました。

「……あれ」

「ああ……おれ、寝ちゃってたのか……」

見慣れた部屋にいた。自分のマンションの居間である。三週間ぶりだ。

「もう、せっかくサリームが作ってくれたご飯、冷めちゃうでしょ」

「うん、ごめんマリちゃん……うわあ、サリームのご飯久しぶりだ」

「あっさりめの和食にしてみました。向こうでは油っこいものが多かったでしょう?」

穏やかな笑みを見せるのは、魚住の友人、もともとは久留米のアパートの隣人である留学生のサリームである。料理上手なこの留学生のおかげで、味覚障害だった頃が嘘のように、魚住の舌は肥えつつある。

「サリーム、髪切ったんだね」

「はい。願をかけていたのですが、しばらく前に願いが叶《かな》ったので」

「へえ。……あ、すごい、いい匂い」

自分が日本食に飢えていたことを、魚住は一気に自覚した。

アメリカにいる間は、黙って出されたものを食べていた。山盛りのフライドポテト。ピッツァ。ポークリブにステーキ。目一杯に濃いチリソースにグレイビーソース。たまに和食だとなぜか必ずてんぷらと寿司。それが苦痛だったわけではない。アメリカならではの量には閉口したが、料理自体に文句はなかった。そもそも、食事のためにアメリカくんだりまで行ったわけではないのだ。だが魚住の気持ちはともかく、身体はいわゆる普通の日本のご飯をかなり欲していたようだ。嗅覚《きゅうかく》がその家庭的日本食をゲットした途端、ものすごい空腹感が魚住を襲った。

「た、食べよう。ごはん。ごはんごはん」

「慌てなくても米は逃げないわよ」

笑いながらマリとサリームも魚住の後ろについて、居間の隣にあるダイニングキッチンに入る。そこでは濱田が豚汁を温めていた。

「あれ。久留米は？」

「やっと起きたのかきみ。ああ、彼ね、夜からは用事があるって」

「ふうん」

「なんでも会社の後輩の相談事にのらなきゃならないとか……魚住くん、よだれ」

「え？」

「よだれの跡がほっぺたについてる。洗っておいで」

「あ」

濱田に指摘されて、魚住はパタパタと洗面所に歩いていった。その背中を見送りながらマリがからかうように、

「なァんか、濱田センセもお父さん化してきたわね。一時は魚住を襲うんじゃないかって感じだったけどねー」

と言う。サリームが反応する。

「え。濱田さんはゲイの人なのですか？」

「ちょっと待った。それは違うよサリームくん。マリさん、誤解を招く発言は困るなあ。僕は原則的に、女の人が好きなんだ。……まあ確かに、魚住くんにはグラリときたことがなくはないけど……」

豚汁を椀《わん》に流し込みながら、濱田がいつになく歯切れの悪い物言いをした。

「ああ、魚住さん、美人ですからね」

「サリーム、あたしはあたしは？」

箸《はし》を握りしめてマリが聞く。

「はい、マリさんも美人です。魚住さんとはタイプが違いますが」

「タイプ以前に性別が違うんじゃないの？」

濱田が鍋《なべ》はだに残ったタマネギの破片をつまみ食いしながら言う。

「美しいものに男も女もないわよ。ね？　サリーム」

「はい」

サリームが鯵のたたきを銘々皿に分けながらにこやかに肯定する。

「それに、僕は人の性指向にもこだわりません。ゲイでもストレートでも、それは個性というものです」

「そういえば、サリームくんの宗教ってなんになるんだ？　イスラムなら、同性愛には厳しいだろう」

サリームは浅黒い肌に癖のある髪、大柄とはいえないが一般的な日本人とは違ったバランスのよい体形をしている。隔世遺伝でインドにいる祖母の血が濃く出たらしいと以前言っていたのを、濱田は覚えていた。

「インドの祖母はムスリムでしたが、僕は違います」

「ええと、きみは三か国のミックスだっけ」

「ええ。父はイギリス人でカソリック、母は日本人ですけれど、結婚前に洗礼を受けました。でも聖書を読んでいるところは見たことないですねぇ。母方の祖母は禅宗《ぜんしゅう》で祖父は浄土真宗《じょうどしんしゅう》。なんだかごった煮状態なので、信仰の対象を決めていないんです」

「すごいわね、サリームって。あたし、自分ちの宗派知らないわよ」

「僕の田舎は……ええと、確か浄土宗だったかなあ？　確かにあまり気にしていないもんなぁ。日本人は葬式仏教って言うくらいだから」

そんな話をしているところへ、顔を洗った魚住が戻ってきた。

「葬式？　誰か死んだの？」

「いえ。宗教の話をしていました。ああ、魚住さんのおうちの宗教は？」

マリと濱田がやや戸惑う視線を交わしたが、魚住は考えながら喋《しゃべ》りだした。

「んーと。最初に行った家は仏壇があったような気がするから仏教だったのかな？」

「はい？　最初の家？」

サリームは、魚住にきらきら光る白米を盛った茶碗《ちゃわん》を渡しながら尋ねる。

「うん。最初の養子先。でもあんまり覚えてないんだ。小さかったから。そこの家でちょっといろいろあったらしくて、結局、養護施設に戻った。八歳くらいだったかなぁ。その次の家はなんかしょっちゅう人が集まって、聖書みたいなのを読んでて、食べちゃいけないものとか、しちゃいけないこととか、すごくたくさんあって大変だった。守らないとペナルティがあったし」

鰺のたたきに注意深く醤油《しょうゆ》を垂らしながら、魚住は単調に続ける。

「それがだんだんエスカレートしていって、おれは生傷絶えないって感じでさ。いつのまにかお父さんいなくなってて、お母さんも病院に入っちゃったし。児童相談所や家裁の人が来てたっけなあ。おれはなんていうか……ちょっと不安定になってたみたいで、情緒障害児の施設に入れられた。その頃のこともあんまり覚えてないなぁ。で、中学生になった頃に魚住の家に行って、いまの苗字になったでしょ。でもあの家って、宗教っぽいものはなんにもなかったよ。お正月にはお参りに行って、お寺があれば鐘をついて、クリスマスにはパーティをした。お兄ちゃんはケーキひっくり返しちゃうしさ。楽しかったな」

サリームと濱田は、コメントのしようがなく、固まってしまっていた。

「……それは、よかったわね」

楽しかった、の部分に対してだけマリが感想を寄せた。それ以前の部分については、食事しながらにしては重たすぎる話題であった。

魚住は孤児だった。そのことをマリは以前から知っている。濱田は最近マリから聞いて知っているはずだ。サリームは――そういえばサリームには言ってなかったっけ、といまさら魚住は気がつく。

いまここにいない久留米も、その件に関して耳に挟んでいるようだ。だが、魚住自身にはなんの質問も向けられたことはない。さらに詳細については、いまだに誰にも語ってはいない。自分の過去を隠したいだとか、あるいは明るい話ではないので遠慮しているとか、話すのも辛《つら》い、とかそういう理由からではない。単に、聞かれないからである。たまたま聞かれれば、話す。本当に思い出したくない部分については、自分でも忘れているらしい。従って、記憶に穴があることが多いが、魚住は気にしていない。

「ねえ、サリーム」

「え？　あ、はい」

いくらか硬い表情になっていた友人に、魚住は聞いた。

「のりたま、どこ？」


魚住が久しぶりの和食を楽しんでいる頃、久留米は駅の近くの喫茶店で、宇宙人と面会していた。もとい、宇宙人なのかと思ってしまうほど会話の成り立たない相手と、向かい合っていたのである。

「あのね」

可愛らしい顔をした宇宙人は、白地に小花の模様のワンピースに身を包んでいた。

「久留米さんて、人気あるんです。女の子から」

「はあ。そうなの」

「知らないんですか？」

「知らなかった」

「あたしは知っていましたよぅ」

それはそうであろう。知っているから言ったのだろうから。

「あたしって」

向かいに座っている宇宙人……ではなくて安藤《あんどう》るみ子が、小首を傾げて言う。

「あたしって、イジメられっこ？」

「はあ？」

「っていうか？　なんか派閥に入れてもらえないっていうか？」

語尾が上がるのは、質問しているわけではなく、ただの癖らしい。小首を傾げるのは癖というより、演出なのかもしれない。

そういえば、と久留米は思った。

魚住も同じように首を傾げる癖があるけれど、それは本当に考えている時だ。大学ではどうなのか知らないが、久留米の知る範囲でいえば、魚住は普段なにも考えないで生きているような男である。ひたすらにぼんやりして、社会の流れにも無頓着《むとんちゃく》だ。服のボタンすら掛け違えている。稀《まれ》になにか真剣に悩んでいるなと思えば、普通の人間は悩まないですむことだったりする。賞味期限が一週間過ぎたヨーグルトを食べるかどうかとか、その程度のことだ。小首を傾げ、じっと考えている魚住というのは……。

「可愛いっていうかぁ？」

「えっ？」

るみ子の話を半分も聞いていなかった久留米は、一瞬自分の心中を言い当てられたのかと驚いた。

「いやだ久留米さん。そんな反応ってないですよぉ。あたし、可愛くないですか？」

「ああ……いや。安藤は、うん、可愛いんじゃないのか？　たぶん」

たぶんは余計だったかもしれない。

るみ子は入社して三年目だったはずだ。久留米が最初見た時の印象はセキセイインコみたいな子だな、だった。小柄で、踵《かかと》の高い靴を履いて、ヨチヨチ歩く。毛先だけクルンと巻いたセミロングの髪をしていて、その時は黄緑色のスーツを着ていた。たぶんその色がインコに繋《つな》がったのだろう。ちょっと目の離れた童顔で、その年の新入社員では一番人気だった。たまたま久留米の出身校の付属短大出なので、まあ後輩と言えなくもない。だがキャンパスは違うので直接面識はなかったし、いくら可愛くても久留米のタイプではない。

「可愛いのも、楽じゃないんですよ？」

どうやら相談というのは、るみ子が同じセクションの女子社員から、つまはじきにされていることらしい。

「女の子って、ちょっと可愛いと同性から苛《いじ》められるんです。派手系の美人だとそうでもないんですけど、あたしみたいにふんわり系が一番ターゲットになりやすくて……。でもべつにそれはいいの。そんな幼稚な連中なんか相手にしないっていうか？　ただ、なんていうか……彼女たち、あたしの悪口とか言ってるらしくて。それがあんまり広がるのは、やっぱり困るし」

「安藤は営業二部だろ？　あそこはそんなに女性はいないだろう。たしか、三、四人くらい……」

　久留米は営業一部なので、フロアは同じである。営業会議は合同なので、知っている顔も多い。

「隣に計算課があるじゃないですか。あそこは女の子ばっかりでしょ」

「ああ。そうか」

　計算課は所属としては経理部になるのだが、販売伝票の出力とデータ計上が主な仕事なので、便宜上営業部の隣に位置している。二十名ほどの女の子たちが、ずらりと端末に向かっている部署だ。

「なぁんか、あそこって女子校みたいでぇ」

「女子校？」

「女ばっかで、陰湿っていうか？」

「安藤は、女子校出身なのか？」

「いいえぇ、ずっと共学ですよぉ。短大はまあ女の子だけでしたけど。だって、女子校なんか怖いもん」

　行ったこともない環境を、勝手に陰湿だと決めつけるのはどうかと久留米は思う。

「なにか、嫌がらせされてるのか」

「っていうか。無視、みたいな」

「その、みたいなってなんだよ」

ちょっとイライラしてきたので、煙草に火をつける。

「久留米さん、煙草、彼女が嫌がりませんかぁ？」

「ああ、いないよそんなもんは」

るみ子にかからない方向に煙を吐きながら答える。

「あっ、いないんだァ」

ウェッジウッドまがいの紅茶のカップの取っ手を弄《もてあそ》びながら、るみ子が微笑んだ。

「で、実害あるの？　彼女たちが伝票処理してくれないとか」

「そういうのは、ないですけど。でもあたしが通った後で、なぁんかヒソヒソって」

「ふーん」

それは被害妄想なのではないのか、と久留米は思う。だが確信はない。実際、社内の女子社員同士の関係図は複雑そうなのだ。だからって、なぜ久留米に言うのか。この手の相談に一番相応《ふさわ》しくないという自信ならば、あるのだが。

「あのぅ、あたしの悪口とか、聞いても、信じないでくださいね」

「悪口なんか聞いたことないぞ」

「あたしヤなんです」

「なにがだ」

「久留米さんに、そういう女だと思われるのだけはヤなんです」

話がよくわからない。久留米はますますイライラしてきた。もともと短気なほうである。わけがわからないことを言うのは魚住だけにしてほしい。

「そういうって、どういう」

「だから、彼女たちの言うような」

「だからさ。おれはそれを聞いたことがないってば」

疲れる。

「あのぅ。どう思います？」

目的語がない。

「なにを？」

「あたしのこと……どう思います？」

ここまできて、やっと久留米は気がついた。

……るみ子は自分に気があるらしい。

「あたし、仕事のできる男の人が好きなんです。あと、チャラチャラしていない人」

つまり自分と正反対の男ってことだな、と久留米は思ったが、やはり黙っている。

「結局女の子って、そういう人を選ぶんですよ。だから久留米さん、人気あるんです」

「はあ。そりゃあ……どうも」

褒められているようである。悪い気はしない。

「あのう」

るみ子が上目遣いで、久留米を見た。マスカラの丁寧に塗られた睫毛《まつげ》は人工的なカールを描いている。でも、魚住のほうが長いな。久留米はそんなことを考えていた。

「今度、久留米さんの部屋に遊びに行ってもいいですか？」

「は？」

それはいくらなんでも話が飛び過ぎである。

「あたし、こう見えても料理とかするんです。いやだ、本当ですってばぁ」

誰も嘘だとは言っていない。

「いや、でも、おれのとこは女の子呼ぶような部屋じゃないよ。狭いし汚い」

「えー。でも、よく学生の頃の友達と集まってご飯食べるんでしょ？」

「……なんでそんなこと知ってるんだ？」

少なくともるみ子には話していない。

「うふぅ。秘密ー」

女子社員の情報網は甘く見てはいけないようだ。ちょっと背筋が寒くなる。

「それは、その、大学ン時の友達のマンションに集まるんだよ。おれの部屋じゃない。本当に狭いんだから。ふたりで暮らしてると、呼吸困難になるかと……」

「えっ、ふたりで暮らしてるの？」

「あ、いや、友達が居候してた時期があって」

「うっそ。女の子でしょッ」

「あのなぁ。なんでおれが安藤にそんな嘘つかなきゃいかんわけ?」

「えー。じゃあ、信じてあげても、いいかなぁなんて?」

膝《ひざ》がピクリと動く。テーブルの脚を蹴《け》りたい衝動と久留米は戦っていた。ウエイトレスが灰皿を交換しに来たので、ついでに久留米はコーヒーのおかわりを頼んだ。これを飲んだら帰ろうと決心する。るみ子はご機嫌そうだ。悩みがあるわりにニコニコしている。結構、神経は太いのかもしれない。

新しいコーヒーがきたのと同時に、久留米の携帯が鳴った。

「もしもし?」

るみ子の興味津々なオーラを感じながら出る。

『久留米?』

「おう。目ェ覚めたのかよ」

魚住である。宇宙人との会話に疲弊していた久留米は不機嫌な声だったが、内心ではホッとしていた。魚住もまた理解を超えた人間ではあるが、こっちにはかなり慣れている。いわば、よく知ってる宇宙人だ。

『あのね。ご飯食べて来ちゃうの?』

「いや、食わない。もうすぐ行くから、ちゃんと残しとけよ」

『ん。もうサリームと濱田さん帰るって』

「もう? マリは?」

『マリちゃんはここに泊まり。久留米は？』

「あー。戻ってから考える。とりあえず飯は残しとけ」

『うん。じゃね』

携帯を切った途端に、口元だけでにっこり笑ったるみ子が聞いてきた。

「マリ？　マリって、誰ですかぁ？」

まだしばらくは解放されない予感がして、久留米は小さく溜息《ためいき》をついた。


魚住が久留米の携帯に電話したのが九時。けれど十時半になっても戻ってこない。魚住は風呂《ふろ》あがりの髪をマリに乾かしてもらいながら、猫のように脱力していた。

「遅いわねーアイツ。なんだって日曜まで会社の人間と会うんだか……ほら、魚住、下向かないで」

「ん……」

ドライヤーの音にマリの声が遠く感じられる。

「髪伸びたわね。切らないの？」

「うん……？　ああ、そろそろ切ろうかなぁ」

「伸ばしてみれば？　あんたは長くても似合うわよ。髪、綺麗《きれい》だし」

次第に乾いていく魚住の髪は、脱色しまくっている昨今の若い女の子よりもずっと艶《つや》があり、サラサラと手触りもよい。今夜はマリも同じシャンプーの香りがする。

「ねえマリちゃん。サリームが言ってた、願がなんとかで髪を切ったって、なに？」

「ああ、言ってたわよね」

カチリとドライヤーを切って、マリがブラシで魚住の髪をとく。背中側にいるマリには魚住の顔は見えないが、たぶん眠たそうにしているのだろう。

「なんの願だったのかしらね」

「それと髪と、どう関係あるの？」

「やだ、知らないの？　なにかを祈願する時に、それが叶《かな》うまで髪を切らないって、よくあるじゃない」

「へえ、そうなんだ。髪の毛伸ばして、願い事するのか」

「そうよ。はい、いいわよ」

軽く肩を叩《たた》き、解放する。魚住はアリガトと小さな声で言いながら目をこすった。

「もう寝ちゃえば？　まだ時差ボケで辛《つら》いでしょ」

「うん……あ、そういえばマリちゃん、ここ布団ないんだけど」

「うそ。早く言いなさいよ、そういうことは。いつも久留米はどうしてるの？　一緒に寝てるのあんたたち？」

「まさか。久留米はソファで寝てる」

そろそろ布団を買わなきゃなと思ってはいた……魚住はそんなふうにつけ足した。養子先の家族がかつて使っていたぶんは、亡くなった直後に処分してしまったらしい。

「ていうことは、あたしがソファ使ったら久留米の寝るところがないじゃない」

「まあ、そう、かな」

「でもあんたのベッド、セミダブルよね。その気になればふたり寝られるわよ」

「うん。マリちゃん一緒に寝る？」

「いや。あたしはソファで寝るわ。魚住、久留米が戻ってきたら、ベッドに入れてやんなさいよ」

「うん。……えっ？」

日頃、マリの言うことにまず逆らわない魚住は、いつものように頷《うなず》いた後で、なにを言われたのかにようやく気づき、目を見開く。

「だ、だめだよ、それは。それは、ダメ」

「あんた、なに赤くなってんのよ？」

顔色を見られないようにと、ベッドに潜り込もうとした魚住を許さずにひっ摑《つか》まえて、マリはその表情を観察した。伸びた前髪に邪魔されていてもはっきりとわかる。魚住は明確に赤面していた。

「うっわ。あんたでも顔を赤くすることがあんのねぇ」

「あ、あ、赤いの？　おれ？」

「うん。真っ赤」

「う、うそ。なんで？」

「それはあたしが聞きたいことなんだけど。あんた、あたしとだって平然とひとつの布団で寝られるじゃない。姉弟《きょうだい》みたいにさ。なのに、なんで久留米はだめなのよ？」

「わ」

魚住は首をぶんぶん横に振る。

「わかんない」

「わかるわよ。考えなさい。ほら実験考察みたいに筋道たてて考えてごらん」

「考える……？」

「そうよ」

魚住は枕を抱き締めて、しばらく眉根《まゆね》を寄せていた。こうも懸命に思案している魚住は珍しいので、マリはその顔をじっくりと眺める。しばらくすると、息を詰めていた魚住が、フッと呼吸を再開する。解答が出たらしい。

「考えた？」

「う、うん」

「答えは？」

「く、久留米に絶交されたくないから」

「……その結論に至る経緯を説明してごらん」

マリに要求されて、魚住はときどき舌を縺《もつ》れさせながらも答えた。

なぜ久留米と一緒には寝られないのか。まず、ベッドは広くはない。そのため、ふたりで寝れば身体が触れる場合がある。久留米はわりと寝相が悪いので、身体が密着したりすることも考えられる。久留米の身体が自分に触れた場合、魚住は性的な刺激を受ける可能性がある。刺激の反射として、勃起《ぼっき》してしまうかもしれない。そんなことが久留米にバレたら、きっと殴られて絶交されてしまう。それはイヤだ。

「……っていう、考察なんだけど」

枕に額を押しつけながら語る魚住の耳は、やはり真っ赤だ。

「あいつのことが、そんなに好き？」

顔を上げた魚住の顔は、どこか泣きだしそうにも見えた。転んだ直後に、自分で自分の怪我に驚いた子供のようだ。

「す、好きって……ち、違う、くない、けど、でも、い、言わな……」

「ああ、言わない言わない。あたしは他人の色恋沙汰《ざた》には干渉しない主義なのよ。ああ、いまちょっと干渉しちゃったのか……ちぇ」

不本意そうに言いつつ、マリは苦笑している。慌てふためく魚住の様子が、あまりにも可愛かったのだ。

「ほんとに……言わないで……」

小さな声が懇願する。

魚住の感情が手に取るようにわかる。こんなことは、初めてかもしれないとマリは思う。なんだか感動すら覚えそうだ。

「言わないよ。じゃ、あたしと寝ようね魚住。あんた寝相いいから大丈夫よね」

「うん。マリちゃんと寝るの久しぶりだな」

「あたしはそのたび、でかい子供と寝てる気がするわよ」

そう言ってマリは、魚住を布団の上からポンポンと叩いた。

2

この間春の決算をしたかと思うと、もう秋の仮決算でまた棚卸し作業をしている。つまり自分のサラリーマン的一生とはこの繰り返しなのかと思ったら、久留米はちょっと気怠《けだる》い気分になった。

そんな時は屋上で自主休憩をとる。要するにサボる。ほんの十分足らずの一服だ。煙草の煙が、冷たくなってきた風に流されていくのをぼんやりと見つめる。十月の空は薄い雲がかかっていた。

最近の久留米は、妙な噂に辟易《へきえき》している。

この間も広報部の同期に廊下で呼び止められ、

「おまえ、安藤るみ子とつきあってるんだって？　硬派っぽくしといて、やる時はやるよなぁ。いいよなぁ」

などと身に覚えのないことを言われた。やる時もなにも、ここのところ残業続きだというのに、いつやるのだそんなこと。

同じ課の女子社員にも釘《くぎ》を刺された。

「久留米さんて、女の趣味に問題ありかも」

「え？」

「営二の安藤さん。あの子、評判よくないですよ」

　またそれか、と久留米は眉《まゆ》を歪《ゆが》めた。

「おれは安藤とはなにもないんだってば。単に大学が同じ系列で、たまに話すだけ。……あの子、どう評判がよくないんだ？」

「仮決算前の忙しい時に、突然三日も休んだんですよ。あの子がチェックしてからじゃないと計算課の入力が進まないんで、かなり顰蹙《ひんしゅく》買ったみたいです」

「でも、誰でも休むことはあるだろ。体調が悪かったりとかさ」

「誰かが仕事を代行できれば問題ないんですけどね。あの子、自分の課の子とも、あんまり仲良くないから」

　休んでいたのは久留米も気がついていたが、三日連続だとは気がつかなかった。外回りの多い久留米は社内事情に疎い。

「彼女、オジサン受けはいいんですよね。セクハラされても平気だし」

「セクハラ？」

「あたし、前たまたま見ちゃって。階段であの子が資料抱えて歩いてたんです。こう、両手がふさがった状態ですよね、そしたら、すれ違い様にザマスハゲが」

　ザマスハゲはシステム部の課長である。前歯が出ていて、オカッパみたいな髪型が懐かしいアニメのキャラを思わせ、かつ頭頂部は薄い。初めて聞いた時はひどいあだ名だなと思った久留米だが、本人を見てものすごく納得してしまった。

「ザマスハゲが？」

「安藤さんのお尻《しり》を、ぺろん、と撫《な》でたんですよ」

「うげ」

「うげ、でしょ。あたしだったら悲鳴あげてますよ。安藤さんもちょっとは驚いたみたいだったけど、次の瞬間にはイヤーン、課長さんてば、もーう、って笑いながら」

「笑いながら？」

「そう。そういうの慣れてるみたいな感じでした」

慣れるものなのだろうか。セクハラなど百回されても百回イヤなのではなかろうかと久留米は思う。

「とにかく、あの子とつきあうなら、内緒にしといたほうが得策です。久留米さんまで女性社員からの評判落としますよ」

「だから、つきあってないって……」

どうしてそういうことになってしまうのか、久留米にはさっぱりわからない。そもそもあの後は、休みの日の呼び出しに応じたことはない。普段の昼休みにランチをしたりはしている。相談したいんです、という安藤を無視するのも大人げないではないか。たとえ言葉が通じにくい宇宙人であっても、だ。

「あーあ、なんだかなぁ……」

独り言が風に紛れて飛んでいく。

煙草を携帯灰皿で揉《も》み消し、大きく伸びをして、ついでにヒンズースクワットを三回ほどしたのち、久留米は屋上を後にした。

その日はまたしても残業になった。

営業部内の棚卸しの金額合算がなかなか合わなかったのだ。山のような伝票を何度も計算しながら、いいかげん頭痛もしてきた午後九時半、ようやく数字の辻褄《つじつま》が合った。

「お疲れ様でした」

通用門の守衛に挨拶《あいさつ》しながら出ると、そこに一時間ほど前に帰ったはずの安藤るみ子がいる。

「お疲れさまでぇす」

「おまえ……なにしてんだ？」

「待ってましたぁ。一緒にご飯でも食べようかなあって」

「あ、今日はダメなんだわ。約束しちまった」

これは嘘ではない。ついさっき携帯に魚住から電話があったのだ。通販で客用布団を買ったというので、泊まりに行くことにした。残業や飲み会で遅くなった時、魚住のマンションは立地的に便利なのである。会社に近いし、駅からすぐなのも魅力だ。

問題は風呂《ふろ》あがりの魚住がウロウロしたりするのを、目の当たりにしなければならないことなのであるが、最近の久留米はそういう場面を避けるコツを体得している。どれほど際どい状況であれ、人間はある程度は慣れるものらしい。

それに……時々はあの無駄に綺麗《きれい》な顔を見たくなるのだ、正直なところ。

「なあんだ。せっかく待ってたのに残念……。じゃ、一緒に帰りましょ」

「ああ」

るみ子は特にごねたりせず、駅に向かって一緒に歩きだした。道中は他愛ない話をしていたのだが、電車に乗ってから久留米はふと思い出す。

「安藤って……家、千葉のほうじゃなかったか？」

「さあ？」

「さあってておまえ、これ逆方向だぞ、おい」

「いいんです、つきあいます。大丈夫、ちゃんと駅に着いたらあたしは引き返します」

笑いながら平然と言う。

「あのな。そこまでされても、今夜はつきあってやれないぞ？」

「いいんですってばぁ」

押し問答しているうちに、駅に到着してしまった。るみ子は改札まで見送ると言って、電車を降りてしまった。ここまでされると久留米としても、勝手にしろという感じになってくる。

「あれえ。でもここ、久留米さんの定期の駅と違う」

「友達とメシ食うんだよこれから」

「ふぅん、彼女？」

「違うってば」

階段を下りきって改札口を見ると、すでに魚住がいた。外で食事をする約束だったので駅で待ち合わせたのだ。

ただぼんやり立っているだけでも、魚住は人目を引く。淡いピンクのハイネックのニットを着ていた。確かマリが買ってやったものだが、こうもピンクが似合ってしまう男はちょっといない。

「久留米」

こちらに気がついた魚住は、少し戸惑っている。るみ子がいたからだ。

「なーんだ、ほんとに彼女じゃないんだぁ」

「百万回くらい違うと言ったぞ、おれは」

「でもすごい美形なお友達ですねー。こんばんはー」

「あ。こんばんは……」

魚住もるみ子を見た。マリのように目鼻立ちの整った美人ではないが、リスとか、うさぎとか、そういう小動物を連想させる女性だ。可愛い、と魚住も思ったかもしれない。

「ほら、おまえもう帰れ」

「えー、紹介もなしですかー」

「ああ？　ああ。こっちは会社の後輩の安藤さん。んでこっちは魚住。以上」

「やぁ、簡単過ぎるぅ」

「いいからほら、遅くなると危ないから早く行けよ」

「はぁい。じゃ、また明日《あした》」

「ああ、お疲れ」

　てってって、と奇妙な歩き方をしながらるみ子はホームへ戻っていく。途中一回振り返り、久留米と魚住に向かって手を振った。しつこいといえばしつこいのだが、そうかと思うと引き際が妙にいい。るみ子がどういうつもりなのか、久留米にはよくわからない。横にいる魚住を見ながら、もしかしたら自分には理解しにくい人種を集めてしまう引力でもあるのだろうか、などとバカなことまで考えてしまう。

「久留米、なに食いたい？」

「簡単でいいや。とにかく、ビール飲みてェ」

　ふたりは駅前の居酒屋に入った。

最初のビールだけは魚住も飲む。あとはウーロン茶である。

「いまの子、どうしてここまで来たの？」

「知らん。なんかよくわかんないんだ、あいつ。宇宙人と喋《しゃべ》ってるみたいだしなあ」

「宇宙人？」

「おまえも喋ってみればわかるぞ。ああ、宇宙人同士の会話になんのか？　テレパシーとか使いそうだぞおまえら。あー疲れた」

つくねを齧《かじ》りながら久留米はネクタイを取ってしまう。ワイシャツのボタンをふたつ外していると、ふと魚住と視線が合い、なぜかそそくさと逸《そ》らされた。

「可愛い子だったね」

あ、やっぱり思ったのか……という気持ちは顔に出さず「そうか？」と答える。

「まあ、会社でも野郎からは人気があるみたいだな。けど女の子の評判はよくない。あれだな、女同士ってのはなんか怖いよな。安藤の見てくれが十人並みだったら、ああまで言われないんだろうけど……女ってのは、嫉妬《しっと》心が強いのかな」

「女だけじゃないだろ、そういうのは」

ほっけと格闘しながら魚住がぼそりと言う。不器用な魚住は、骨から上手《うま》く身を外すことができずに、なかなか食べ始められない。見ていてもどかしい。

「そういや、おまえ学生ん時はさんざん男から嫉妬されてたしな。顔がいいのも考えもんだな」

「おれ、あんましこの顔好きじゃない」

「え？」

魚住は俯《うつむ》いてほっけに外科手術でもしているような顔のまま、「顔なんて、わりとどうでもいいけど、自分の顔だけは好きじゃない」と繰り返した。

「なんで？」

「ん。子供の頃いろいろ言われたし」

「なんて？」

「うーん。そんな顔したってダメなんだからね、っていうのが多かったかな。ふう」

最後の溜息《ためいき》は、ほっけとの戦いに疲れてのものである。

「そんな顔って言われてもさ。顔はひとつしかないし。自分で自分の顔は見えないし……子供だったから、どうしたらいいのかわからなくて、いつも結局」

「結局？」

「撲《ぶ》たれるんだよね」

小さな声だった。向こうの席で爆笑している学生グループの声に掻《か》き消されてしまいそうだった。

「……それ貸せ」

久留米がほっけの皿を魚住の前から奪い、あっという間に骨から身を外す。

「すごい」

「ほら。食え」

「ん」

魚住が嬉《うれ》しそうにほっけを食べ始める。頬のあたりが緩んだその表情は、二十六にはとても見えない。どこか幸福な子供のようでもある。

けれど魚住は幸福な子供なのではなかった。たぶん久留米が予想しているよりずっと不幸な子供だったであろう。

「いいんじゃねえの？　その顔でも」

「んあ？」

口に入ってしまった小骨を舌に載せて出しながら魚住が久留米を見た。その舌の柔らかさを知っている久留米は、思わず下を向いて煙草を取り出す。

「いいじゃねえか。出来のいい顔なんだから。贅沢《ぜいたく》言うな。性格が奇天烈《きてれつ》なぶん、顔くらいよくなきゃどーすんだ」

「……でも顔よくていい目に遭ったことない」

「あー。男に押し倒されたりなあ」

「そう」

真面目に頷《うなず》きながら、魚住はウーロン茶を一口飲む。久留米のビールはもう三杯目になっていた。

少し酔ったようだ。頬杖《ほおづえ》をついて、煙草を銜《くわ》えたまま、魚住を観察する。ほっけを制覇した魚住は、さっき久留米が残しておいたつくねを食べ始めている。見られているのを知っているのかいないのか、久留米に視線をやろうとはしない。ビール一杯しか飲んでいないくせに、目元と耳が赤い。

なんでこいつは、つくね食ってるだけでも色っぽいんだ？

久留米にはそれが不思議だった。

野郎がつくね食っているのを見るのが、どうして自分はこんなに楽しいのだろう。魚住の長い睫毛《まつげ》。つくねのタレがついているくちびる。嚥下《えんか》のたびに動く喉仏《のどぼとけ》。

「……きれいだよな」

「え？」

魚住がこっちを向く。

「あ？」

無意識に転がり出た言葉に、久留米自身がびっくりしていた。もう少しで煙草が口から落ちそうになったほどだ。

「なんでもない。ええと。ええとだな。焼きおにぎり、食うか？」

「え。あ、うん。食う」

ふたりは焼きおにぎりとモツ煮込みを追加注文し、零時近くなってようやく居酒屋を後にした。

「お。これが通販で買った布団か。ちゃんとしてそうじゃんか」

まだ袋に入った布団をボフンと軽く叩《たた》き、久留米が言った。

「うん。最近の通販ってなんでもあるんだな。おれびっくりしちゃったよ」

居間のテーブルには、何冊かの通販カタログが置きっぱなしになっている。久留米がそれを手に取ってパラパラと見る。

「こういうの、女の子がよく昼休みとかに見てるなぁ。おまえこれ、どうしたの？」

「カタログ？　ああ、マリちゃんが持ってきてくれた。布団買えるからって」

「へぇ。……ああ、おまえ先に風呂《ふろ》使ってくれば？　おれ布団出してっから」

「あ。うん」

魚住はパジャマを抱えてバスルームに入った。そして考える。

いままでずっと、久留米は居間のソファで寝ていた。つまり隣の部屋で寝ていた。だから布団があっても、居間に布団を敷くかもしれない。それは、少しばかりさみしいような……だが仕方ないことだろう。

しかしシャワーから出てくると、久留米は寝室に布団をセットしていた。つまり、魚住のベッドの横にだ。その光景は魚住にとって嬉しいものだった。また一緒の部屋で眠れるのだ。あのアパートに居候していた頃のように、同じ空間にいられるのだ。

喜んだ反面、困った事態も生じた。

いざ眠ろうとすると、久留米の寝息が気になってなかなか寝つけない。

隣にいる。隣で久留米が眠っている。ついベッドの上から半身を乗り出して、久留米の寝顔を見てしまったら、どうにも胸が苦しくなった。

久留米は居酒屋でビールの大ジョッキを三杯空けて、シャワーの後にまた飲んでいた。飲み過ぎた、と呟《つぶや》いたかと思うと、倒れるように眠ってしまったのだ。

飲める奴はいいよなぁ、と魚住は思う。

久留米の匂いが近い。自分と同じシャンプーと、やや酒臭いのと、彼自身の体臭。もっとそばに行きたい。頭くっつけるようにして眠りたい。もちろん、そんなことできるわけがない。

いまはこれでいい、と魚住は思っていた。こうして寝顔が見られるだけでいいじゃないか。いつかこんなこともできなくなる日がくる。久留米が結婚して——今夜のあの可愛い女の子みたいな妻をもらって。子供ができたり、ローンで家を買ったり。そうしたら、もうここには来なくなるだろう。こんな寝顔は見せてくれなくなるだろう。この時間は永遠ではないのだ。そう思ったら、心筋が収縮するような軽い痛みが走った。最近、よくこういう痛みを感じることがある。だが魚住の辞書にセツナイという言葉はない。ただ両腕で布団を抱きしめ、ほんの小さな声で眠る友人の名前を呼んでみる。たった三文字の名前が、宝物のように思えた。

翌朝早く、久留米は出勤していった。

魚住は午後から大学に向かい、実験授業で教授の助手を務め、その後は研究室でいくつか雑務を片づけた。ＭＩＴでの取材を整理し、その時の考察を英文に纏《まと》めてプリントアウトした。

夏のアメリカ旅行は有意義なものだった。魚住にとっては初めての海外旅行だったのだが、思ったほど戸惑うこともなかった。

「驚いたね。きみは、わりとどこででも暮らしていけるタイプなんだな」

濱田がそんなことを言っていたが、当たっているかもしれない。

魚住は子供の頃から盥回《たらいまわ》しにされて育ってきた。どこででも文句を言わずに、時には息すら殺すようにして生きてきた。それに比べたらアメリカなぞ、まさしく自由の国である。欧米的個人主義は必ずしもいいことばかりではないが、少なくとも魚住にはフィットしているらしい。気楽なのだ。日本では口に出せないようなことでも、相手が日本人でなければ平気だ。主語の次にすぐ動詞がくるという英語構文も、いっそ潔い。

だから旅行は楽しいものだった。マサチューセッツには一週間滞在したので、ホテルではなく教授の友人の、そのまた知り合いという家に世話になった。

四人家族でみな親切だったが、長男のキリアンという大男がゲイで、魚住にしつこくアプローチをかけてきた。問題があったと言えばそれくらいだろう。

後半になると日本米が恋しくなった。それから、恋しくなった人がいた。

帰りの飛行機では、気持ちが急《せ》いてまったく眠れなかった。成田に着けば会える。すぐ会える。そう思うと、機内食にも手をつける気になれない。胃のあたりになにか詰まっている感覚だ。普通はそれを胸がいっぱい、と言うわけであるが、この語彙《ごい》も魚住にはない。いままでの人生において、そういう経験はなかったのだ。

けれどそれが、自分が抱えている久留米への想いのせいなのだということくらいは、さすがにわかった。

——やっぱりおれって、ゲイなのかなぁ？

もう何度そのことを考えただろう。

濱田はそういう問題ではないと言っていた。ではどういう問題なのだろうか。確かに魚住は久留米が好きなのであって、男が好きなわけではない。久留米とならキスしたい。しかしほかの男としたいとは思わない。男なら誰でもいいというわけではない。

——でも男女の場合だって、誰でもいいってわけじゃないよなぁ。好きな相手とじゃないとできないよな。まあキスくらいなら嫌悪感のない女の子となら、できるか……。

では、嫌悪感のない男となら？

普通の男は同性とキスするなど、考えただけでも鳥肌が立つだろう。魚住の場合はどうなのだろうか。久留米はまあ別格としておいて、ほかの男相手とでも、例えばキスできたりしたら？　それはゲイだという証明になるのではないか？

「うーん」

魚住はレポート用紙に、ぐりぐりと無意味な悪戯《いたずら》書きをしながら悩んだ。

わからない。

わからない時はどうすればいいのか。

「あれ、魚住さんまだいたんですか」

考える時の癖で、ボールペンの尻《しり》を噛《か》みながら頬杖《ほおづえ》をついていた魚住に、伊東が声をかけてきた。両手にストックフォームを抱えている。どこかほかの研究室でプリンターを借りていたのだろう。

「うん。いた」

「もう八時になりましたよ。あー、おれ腹減っちゃった。まあったく、この資料の出力が終わらなくって……濱田さんと響子さんは？」

「響子ちゃんは帰ったよ。濱田さんは電顕」

「ああ、じゃ下の階ですね」

伊東はバサリとストックフォームを下ろしてフゥと息をついた。茶色く染めた髪を掻《か》き上げる。理系にしては着るものに気を遣う伊東は、濃紺に黄色の細い線でチェックの入ったシャツを着ている。どこかのブランドものかもしれない。いつも服に試薬を零《こぼ》して大騒ぎするわりに、白衣はあまり着ない。捲《まく》り上げた袖《そで》から覗《のぞ》いている腕は太くはないが、それなりの筋肉はついている。

「どうしました魚住さん？」

「………うん」

わからない時は、実験すればいいのではないだろうか。

魚住はそう思いついた。

「伊東くん、ちょっといいかな？」

「はいはい？」

魚住の目論見《もくろみ》など、これっぽっちもわかっていない伊東は軽い返事を返す。

「えっと……ちょっと、こっち」

魚住は研究室奥の、書棚の間に伊東を誘った。専門誌のバックナンバーが並んでいる棚である。いくらなんでも研究室のど真ん中でその『実験』をするのはなぁ、という魚住なりの配慮だ。書棚の間は蛍光灯の明かりが遠く、薄暗い。

「なんか、内緒話スか？」

「いやべつに内緒ということもないんだけど。ええと……顔貸してもらえる？」

伊東は書棚を背に「なんスか、それ」と笑った。

「はいはいどーぞ、もう、こんな顔でよかったら」

「そう。じゃ、失礼」

大真面目な顔で魚住は言い、ツイと伊東に近寄った。

「え？」

魚住は右腕を動かし、手を伊東の肩に置いた。伊東はいまだ状況を理解できておらず、きょとんとしている。

顔を近づける。乾いたくちびるにふわりと触れる。身長差のほとんどないふたりのキスは、お互いに突っ立ったままで問題なかった。数秒間触れるだけのキスを試みた魚住だが、どうもピンとこない。

嫌悪もないが、嬉《うれ》しくもない。つまり心がまったく動かないのだ。

一方、驚いたのは伊東である。目を閉じることすらできず、身体は硬直して、棒きれのようにされるがままになっていた。振り切ることすら思いつかない。まったく予想外の出来事に遭うと、人の思考能力はしばらく停止する。

しばらくすると、魚住のくちびるは離れていった。

「うーん……よくわかんないなぁ」

伊東から少し離れて、小首を傾げて視線を泳がせている。なにがよくわからないというのか。こっちはなにもかもがさっぱり理解不能だというのに。

「う、う、うおず……」

やっとの思いで言葉を出した伊東に、魚住が追い打ちをかけるようなことを言った。

「舌入れてみていいかな？」

「…………は？」

伊東は展開についていけない。これはなんだろう。いったいなにが起きているのだ。どうして自分は魚住にキスされて、舌まで入れられなければならないのだろう？？

「嫌？」

「い、い……嫌じゃないス、け、ど」

同性にキスされたら生ずるはずの生理的嫌悪感はなかった。従って、嫌ではないのは本当だが、かといって積極的にしてほしいわけでもない。

……という旨を伊東が伝えるより早く「ほんと？　嫌じゃない？　じゃあ」と再び魚住の顔が近づいてくる。今度は緩く口を開けて、だ。艶《なまめ》かしい舌がちらりと見えた瞬間、伊東は自分の心臓が跳ねるのを感じた。

——うわ……これって、なんかヤバイかも……。

魚住の吐息を間近に感じる。突き飛ばす、あるいは逃げる、そういう選択もあるはずなのに、伊東の脚は動かない。口を開いて受け入れ態勢を取り、目を閉じたその時、

「こら」

聞き慣れた声がした。

続けてポカッという音と「いて」という魚住の間の抜けた声。

「は、は、濱田さん」

目を開けた途端、伊東は自分の顔がカッと熱くなるのを自覚した。初キッスを親に見つかった中学生のような気分である。

「神聖なる学問と研究の場で、なーにをやってるんだ、きみたちは」

濱田はネイチャー誌を丸めて持っていた。魚住はそれでポカリとやられたらしい。

「あれ。濱田さん」

「あれじゃないよ魚住くん。相手が違うだろう？」

「いやちょっと。実験を」

「実験？」

「はあ、おれがゲイなのかどうか確かめてみようかと」

「なんだいそれは」

「もし伊東くんにキスして、気持ちよかったりしたらそれはもうゲイっていうことかな、と思ったんです」

「……で、なんで伊東くんなの？」

「身近で、かつ嫌いではない同性という条件設定なんですけど」

真実を知り、伊東は膝《ひざ》から力が抜けそうになる。

「う、魚住さん。僕は実験材料ですかあ？」

「うん。そう。……あ、なんか、悪いコトした？　おれ？」

はー、と脱力し、書棚にもたれかかって伊東は首を横に振った。

「い、いいス……ただ前置きがなかったんで、たまげただけで……」

「なに。きみ説明もしないでいきなり伊東くんにキスしたの？」

「ああ……はい。ごめん、伊東くん」

伊東はヘラヘラと力なく笑う。ホッとしたような、残念だったような、なんとも複雑奇怪な気分だった。

「で、どうだったんだい結果は？」

「え」

「伊東くん相手で、気持ちよくなったの？」

「いや。これなら女の子とのほうがいいなぁって思いました」

「えっ……それはなんか、傷つくんですけど……」

伊東が言うと、魚住は「あ。うん。ごめん」とまたしても淡々と謝る。それを見て濱田がクスクスと笑った。

「人選に問題があるんじゃないか？　僕とだったらまた違うかもしれない。だってあの時は……まあ、いいか」

濱田は言葉を途中で止めて、意味深な顔をした。魚住は実験考察を続けるがごとく冷静な口調で「濱田さんなら違うのかな……？」と思案している。

「試してみるかい？　僕と伊東くんでは経験値が違う」

「あ、ひでえ」

踏んだり蹴《け》ったりの言われように、伊東は口を曲げた。もっとも、濱田のもてっぷりはよく承知なので、本気で怒ったわけではない。

「……じゃ、協力してもらおうかな」

五秒ほど逡巡《しゅんじゅん》していた魚住が言った。

「えっ、魚住さん、マジですか？」

「うん」

「いや、でも、それは」

「おいおい。先にしてたきみが、なんで止めるんだい」

「そりゃそうですけど、うわ、」

ポイと雑誌を伊東に渡して、濱田は魚住の真正面に立った。濱田のほうがやや背が高い。白衣姿の濱田の片手が、魚住の腰をぐいと寄せたとき、伊東は思わず「ひゃあ」と声を上げてしまった。

「伊東くん、うるさいよ。ギャラリーはいらないからあっちに行っていなさい」

シッシッと犬でも追い払うように、伊東は書棚の間から追い出されてしまう。まあ見たいということもなかったのだが……多少気になるというか……実のところすごく気になるのだ。男同士のキスシーンを見たがる自分が少し不気味ではあったが、濱田と魚住ならば絵になることは間違いない。なにしろ両者とも学内屈指の美男子だ。かといって覗《のぞ》きのような真似はできず、書棚の裏を気にしながら伊東は全身を耳にしていた。

――まるで覗き……いや、盗み聞きか……。

情けなくも思うが、どうしても気になってしまうのだ。

かすかに衣擦《きぬず》れの音がした。

それからしばらくはシンとしていた。

そして、

「……ん」

息とも声ともつかない甘い音が聞こえ、伊東は思わず自分の口を手で覆った。うひゃー、とか言ってしまいそうだったのだ。

カタンと本棚が動いた。魚住の背中が当たったのだろう。溜息《ためいき》のような声がした気がする。伊東は自分の息すら止めて、全神経を聴覚に集中させた。くちゅ、と濡《ぬ》れた音を耳が拾い、はぁ、と息継ぎのような声を聞く。伊東の頭の中には、濱田に抱きすくめられる魚住の姿が、ありありと浮かんだ。あの細い身体を捩《よ》じらせ、仰《の》け反る首筋には、濱田の指が愛撫《あいぶ》を与えているかもしれない。いや、あるいは耳の後ろ。でなければ背中。なにしろ見えないので、妄想だけがどんどん膨らんでくる。

「……っ、濱……」

「ほら。しっかり立って」

うわ、うわ、うわッ。

伊東はその場に座り込みそうになった。濱田さんすげえ、なんてエロい声出すんだ、おれも見習いたい、いや、いま特定の相手はいないけど……と頭の中が大騒ぎだ。

またガタンと書棚が揺れる。が、すぐ静かになる。

何度か、か細い吐息が漏れ聞こえた……ような気がした。もはや、現実なのか妄想なのか判らず、伊東はふらふらと近くにあったパイプ椅子を引き寄せ、そこに座った。頭がくらくらする。絶対にゲイではないと思っていた自分のセクシャリティ認識までぐらつきそうだった。

たっぷり、三分はあったように思われる。

先に出てきたのは濱田だった。ご機嫌な様子だ。

「魚住くんはしばらく放っておいてあげなさい。……やはり経験値はものを言うね」

そう言ってにやりと笑い、指先で白衣の襟を直した。


結論として、魚住はバイセクシャルなのではないか。

……という分析をしてくれたのは濱田である。

「女の子も抱けるんだろう？　でも男にキスされるのもアリ。嫌いな相手ではなく、かつ上手《うま》いキスならね。つまり性感自体は同性から得ても拒絶感はない。簡単に言えば相手が同性であるということは、きみにとっては恋愛の障害にはならない。それはいわゆる両刀っていうやつだよ」

少しぬるくなった出前のラーメンを食べながら、オーバードクターはそう語る。夜の研究室には、いまだ魚住と濱田、伊東が残っていた。

「あとは、誰を好きになるかという問題だね。バイの人間がたまたま異性を好きになったら、それは一見ストレートに見える。同性を好きになったらゲイに見える。けれどそれは外から見ているからそういうことになるだけで、きみ自身の中ではどっちを好きになっても、当然のことなんだ」

横で伊東がウンウンと頷《うなず》いていた。

「まあ、性指向は個人的な問題だし。ゲイにしろバイにしろ、世間の風当たりはまだ強いからね……伏せておいたほうが無難だろう。伊東くんも、そのへんよろしく」

「ハ、ハイ、もちろん」

「魚住くんも、もう無闇な実験はしないように。ほんとに、きみはたまに突拍子もないことを思いつくんだから……せっぱ詰まったら相談しなさい。僕にはゲイの友人がひとりいる。なんなら紹介してあげるから」

「はあ……いろいろと……ズル。すいません」

みそラーメンを啜《すす》りながら、魚住は礼を言う。濱田は黙って頷き、魚住の口元についたネギを取ってくれた。

ラーメン後にもう一仕事したのち、三人はそれぞれ帰途についた。すでに十時をまわっている。放置できない実験がある時は、こんなふうに帰宅が遅くなるのも珍しくない。酒くさいサラリーマンたちとともに電車に揺られ、魚住はぼんやりと考える。

あの子は、久留米を好きなのだろう。

この間、駅で会った安藤とかいう女性だ。少女をまだ引きずっているような、くるりとした瞳《ひとみ》。久留米はああいう可愛い系が好きなのだろうか。ちょっと違うような気がする。といっても、久留米の過去の恋人というのはマリしか知らない。マリはあまりにも特別すぎる。あんな女はちょっといない。マリにくっついて眠るのは好きだった。なんだか安心するからだ。

母親とはああいうものなのかな、と魚住は想像する。

生きているのか死んでいるのかもわからないが、自分を産んだのはいったいどんな人だったのだろう。マリのような人だったらいいなと、ぼんやり考える。

駅の改札を抜けると、驚いたことにその安藤るみ子が立っていた。

「あ」

「あ、こんばんはー。わー。待っててよかったあ。なんか、会えるような気がしてたんですよねぇ」

キオスク横の自動販売機に寄りかかっていたるみ子が、ペコリと頭を下げる。

「うおずみ、さん、でしたっけ」

「あ。はい」

「綺《き》麗《れい》な顔ですねー？」

「はい？」

語尾が上がったので質問文なのかと思ったが、どうも違うらしい。

「もてるでしょ？」

「え……」

「ごはん食べましたかあ？」

「はあ。ラーメン」

「ふうん。あたし、ラーメンキライなんです。だって、どんどん伸びちゃうんだもの。

食べるの遅いんですよ。だから頑張ってるのに、でもラーメンは、どんどんズルズルズルズル伸びていくの」

「早く食べればいいのに」

「だって熱いもの」

「じゃあ冷やし中華とか」

「それラーメンって言わないです」

「そうかな」

久留米がここにいたら、宇宙人同士の会話だと言ったかもしれない。それにしてもどうしてるみ子がこんなところにいるのだろう。しかも顔が少し赤い。これは、酔っているのではないだろうか。

「仕事、遅いんですね。あたしずいぶん待っちゃった」

「え。いつからここにいたの？」

「うーん、九時半くらいかな」

それが本当なら一時間以上いた計算になる。

「会えるかどうかなんて、わかんないのに？」

「いいんです。どーせ、ヒマだったたし。会えなかったらまた、新宿に戻って飲み明かそうかなって思ってたし」

「女の子がひとりで？」

マリならともかく、るみ子はそういうキャラクターには見えなかった。袖口《そでぐち》に刺繍《ししゅう》の施してある水色のワンピース。アイボリーのパンプス。小振りなバッグはブランドものに違いない。ほかに、瓶状の包みが覗《のぞ》く紙袋を提げている。まあ一言で言えばいいとこのお嬢さんふうである。多少頭が緩そうな口調も、そのスタイルには似合ってはいる。


「うふふ。ねえ、魚住さん、飲みませんか」

「だってもう遅いよ？」

「いいじゃないですか。金曜日だし」

「おれ酒はあんまり……」

飲めないわけではない。飲まないようにしているのだ。魚住は酒で記憶をなくす性質だからだ。

「ほら、あたし、ワイン買っちゃった。魚住さんち、近いんでしょう？」

「なんできみがおれの家に来るの？」

「招待してくれないんですか」

「しない」

「誰かと一緒に住んでるんですか？」

「違うけどしない」

「じゃあいいじゃないですかあ。あたしずうっと待ってたんですよぉ？」

これは酔っぱらいの戯言《ざれごと》だろうか。どれくらい飲んでいるのかいまひとつ判別できない。それにしたって、どうして初対面も同然の人間を、自分の家に招待しなければならないのだ。魚住はそこまで社交的ではない。しかも彼女が久留米目当てなことくらい、察しがついている。

「おれもう帰って寝るから。きみも早く帰れば？」

「ホモなんですか？」

「は？」

けんもほろろに背中を向けかけた魚住だったが、その質問には驚いて、また向き直ってしまった。

「あ、ゲイって言わなきゃいけないんだっけ。久留米さんと魚住さんて、ゲイ？」

「……なんでそういうことになるわけ？」

「だって久留米さん、全然なびかないんだもん。カノジョいないとか言ってるし、魚住さん、そのへんの女の子なんかよりよっぽど美人だし」

「だからってその結論は短絡的過ぎない？」

「うふふぅ。あたしも本気でそう思っているわけじゃないですけどぉ。でもそういう噂がたったら、久留米さん困るだろぉなあ〜」

「なにそれ」

魚住は眉間《みけん》に皺《しわ》を寄せたが、るみ子は平然としている。

「おれ酔っぱらいはきらいなんだ」

それを最後のセリフにして、魚住は歩きだした。

相手にしてられない。久留米はよくあんな子と一緒に仕事をしていられるものだ。でももしかしたら、ああいう手の掛かりそうな女の子が好みなのだろうか？　考えてみれば自分だって久留米にはずいぶんと世話をかけている。居候もしたし、この間は勢い余ってキスまでしてしまった。あれだって久留米には相当迷惑な話だろう。

人のことなんか、言えた立場じゃないか……。

そう思いながら、なにげなく振り返ってみる。さっきと同じ場所でるみ子が蹲《うずくま》っているのが見えた。

魚住は、三秒迷ってから、きびすを返した。

3

「わあ。広いですねー。家族向けなんじゃないんですかー、ここ」

魚住のマンションへの侵入をまんまと果たしたるみ子が言う。

「そう」

諦観《ていかん》ムードで魚住は答えた。

「本当は誰かと暮らしていたんでしょー」

「昔は家族と暮らしてたよ」

「へえー。いまはあ？」

「死んだ。みんないっぺんに。交通事故で」

「あ……ごめんなさい……」

るみ子が戸惑い、さすがに声のボリュームが落ちた。

「なんでみんな謝るんだろう？」

「え？」

「家族が死んだ話すると、ごめんなさいって言うでしょ」

「だって触れられたくないでしょう、辛《つら》い過去には」

「うーん？　そうかな？」

そんなことを言っていたら、子供の頃の話などほとんどできなくなってしまう。

「魚住さんは平気ですか？」

「だって事実だからねぇ。仕方ないでしょ」

「変わってますねー。あ、ワイングラスありますか？」

「あったかなあ？」

「あたし勝手に探していいですかー？」

「どうぞ。そっち台所。おれ風呂《ふろ》入ってくるから」

「はーい」

駅で蹲ったのはなんだったのだというほど、るみ子は元気だった。本人は貧血だと言っていたが、あるいははめられたのかもしれない。熱めのシャワーを浴びながら、よく考えてみる。やはりるみ子がここにいるのは奇妙だ。目的がよくわからない。久留米がここにいるとでも思ったのだろうか？　本気で魚住と久留米の仲を疑ったとか？　もしそうならばその疑いは晴らさなければ。自分はともかく、久留米はヘテロセクシャルなのだから、根も葉もない噂がたっては気の毒だ。

魚住がバスジェルの香りを纏《まと》って出ていくと、居間のローテーブルには赤ワインとグラス、数種類のチーズまで並んでいた。

「わー。湯上がり。色っぽーい。これじゃあ久留米さんイチコロですねえ」

「久留米は男なんか好きじゃないってば」

「んじゃ、魚住さんは？」

「………」

相変わらず嘘のつけない魚住は言葉に詰まってしまう。黙っていてはそうだと肯定しているようなものであるが、いい言葉が思いつかないのだ。

「え。ホントに魚住さんって……」

ワイングラスを手にして、るみ子はいまさら目を丸くしている。

「あたし、冗談で言ったのに」

「さあ。どうなんだろう。目下混乱中で、自分でもよくわからない」

あんな実験までしても、魚住はまだ自分のセクシャリティがわからなかった。濱田はバイだと話していたが、それに納得したわけではないのだ。

「あのー、女の子だめなの？」

「そんなことない。女の子とも寝れる」

「でも男とも？」

「ううーん……」

真剣に考えてみる魚住につられて、るみ子まで居住まいを正している。ふたりは並んで座り、るみ子が魚住のグラスにワインを注《つ》ぐ。

「まあ、とりあえず、ね。飲も」

「おれ、あんまり酒は……」

「いいじゃないの。自分ちなんだから」

「そりゃそうだけど」

「でも、あれよね。ゲイの人も大変よね」

　るみ子はいままでにない、いたって真面目な声で言い、自分のグラスにもワインを注いだ。そのまますぐに半分空けてしまう。いい飲みっぷりである。もしかしたら酒豪なのかもしれないなと魚住は思った。

「大変なのかな」

「大変よ。あたしのね、友達にひとりいたの。高校の同級生の男の子で……あたしたち、親友だったの」

「ふうん……これ飲みやすいね」

「おいしいでしょ？　ピノ・ノワール。ブルゴーニュの赤ワイン。タンニンが強くないから口当たりがいいの。ほんとはデキャンタがあればよかったんだけど……あたしワインとチーズにはうるさいんだ。普段は黙ってるけどね。男の人嫌がるから」

「嫌がる？」

「ワインに詳しい女なんて面倒くさいのよ。自分が気取って説明してる時に、口挟まれるのが我慢ならないんでしょ」

　フン、と鼻を鳴らしてるみ子は言い放つ。口調がずいぶん違ってきている。鼻にかかった声はどうやらもともとらしいが、変に語尾を伸ばしたりしなくなった。

「なんで男ってああなのかしら。自分よりなんでも知ってる女ってイヤなのよね」

「みんながみんなそうじゃないでしょ」

「そうかしら」

「おれ自分がなんにも知らないから、いろいろ知ってる人のほうがいいけどな……で、そのゲイの友達はどうしたの？」

控えようと思いつつ、口当たりのいいワインを、魚住はつい飲んでしまう。ほわんと口に広がる芳香にうっとりする。

「うん。……彼は、行方知れず」

「失踪《しっそう》？」

「そう。ばれちゃったの。親御さんに。高校卒業してすぐだったかな。彼、ずっと好きだった相手に告白して……その相手の親がさ、電話してきたんだって。どういう教育をしてるんだって」

「教育」

「教育でどうこうなるかっての。ねえ？」

「うーん」

「あたしはさ。まーくんが、ああ、彼は雅彦《まさひこ》っていう名前だったんだけど。まーくんだけがなんでも話せる友達だったの。高校くらいまでのあたしって、こう、クソマジメで女の子っぽくなくて、とっつきにくい子だった。ダサダサでさー。信じられる？」

アハハと大口を開けてるみ子が笑った。これではまるでマリである。

「だからまーくんが家出してから、相談相手がいなくなっちゃって……母親は、女は可愛くしていればいいお嫁さんになれるんだから、とか平気で言う人だったし。父親は女は短大で十分、とか言ってるし。あたし、いつも学年でトップテンに入ってたのよ？それなのに四大にも行かせてもらえないのよ？」

「なんの勉強がしたかったの？」

ブルーチーズを食べながら魚住は聞いた。少し刺激の強い独特の味わいがする。

「……経済学とかやりたかったな。なのにぎりぎり許されたのは短大の英文科。そこ、大学はレベル高いんだけど、短大はただのお嬢様学校でねー。ほとんどが付属校あがりでのほほんとした子ばっかり。まあ、そこで学んだこともあったけどね」

「へえ。なに？」

「ほらほら飲んでー。やだもう一本なくなっちゃうね。二本目開けましょー」

二本目があったとは魚住は知らなかった。

「今度は白、セミヨンでーす。ソーテルヌのだからちょっと甘口だけど、好きなの」

慣れた手つきでるみ子がコルク栓を抜く。まるでソムリエのようだ。

「で、短大でなにを学んだって？」

「殿方の、あしらい方」

わざと奇異な声を出してるみ子は言い、その後でケラケラと笑った。

「男がどういう女が好きなのか。どういう女になれば、ラクして生きていけるのかってことね、つまり」

「ふうん。どういうの？」

「可愛い女よ。頭の悪い、可愛い女」

「そんなもん？」

新しいワインをくーっと空けて、るみ子はふうと溜息《ためいき》をつく。

「あたしだって、そんな馬鹿なと思ったけどね。でも会社に入って、わかったの。ほとんどの男は自分より頭のいい女はきらい。仕事のできる女も好かれない」

「そうかなあ。仕事できる子のほうが一緒に働いていて助かるじゃない」

「便利な女の子ならいいのよ。言われたことを手早くこなす子。気の利く子。計算が速くて、コンピュータに強い、有能なアシスタント。でも、アシストじゃなくて、男と同じ仕事をしようとすると、途端に疎ましがられる。それはおまえの仕事じゃないだろって顔をされる」

「そうなの？」

「そうなの」

いつまでも大学などにいる魚住にはいまひとつピンとこない。学者や研究者の世界は、ある意味成果主義なので、男女の差はあまりなく……いや、考えてみれば、大学の教授連中だってほとんどが男性だ。魚住には見えてないバイアスがあるのかもしれない。

「大変だね女の子は」

「ちゃんとやろうとするとすごく大変ね。だからあたしやめたの」

「やめた？」

「そ。冗談じゃないわよ。評価もされないのに、まともに働けないわよ。ヘラヘラしてくにゃくにゃした女の子でいたって、可愛けりゃオッケーだっていうなら、もうそうしてるわ。バカなふりしてればいいんだもん。楽勝よ、そんなの」

「うそ」

「うそじゃないですぅ」

魚住はパフンと、ソファの背に身体を預ける。酔いが回ってきて、少し呂律《ろれつ》の怪しい口で「嘘だ」と繰り返した。

「そんなのつまんないって、ホントは思ってる」

こちらもかなり危ない目つきになってきたるみ子は、ふいとそっぽを向いた。

「そんなことないわよ。短大時代に訓練されたから、バカなふりだって自然にできるし。最近じゃ、自分がどっちなのかもうわかんないし。それにバカだともてるもん」

「バカな女が好きな男にもてて、嬉《うれ》しい？」

「嬉しくはないけど……さみしいより、いい」

俯《うつむ》いて、るみ子はそう呟《つぶや》く。音の消してあるテレビでは明日の天気予報をやっている。

さみしい。

その感覚が、魚住にはいまひとつよくわからない。

「……さみしいってどんな感じ？」

「変なこと聞くのね」

「うん」

「だから……誰も自分を見ていない。気にしていない。あたしが死んでも誰も悲しくなんかない。誰も泣かない。すぐにみんな忘れてしまう。あたしは最初から生まれなくても同じだった。あたしはこの世界に必要とされてない。そんな感じ」

「ふぅん」

「たったひとりでいいの。たったひとりだけ、あたしのことを、尊重してくれて、決して忘れないでいてくれる人が欲しいなァ……」

自分で言いながらハハ、とるみ子は自嘲《じちょう》し、いるわけないのにねと言った。

「……そういえば、おれってすぐに、人の名前とか忘れちゃうんだよね」

「ま、しょせんそんなもんよねえ。他人のことなんか、そうそう気にしちゃいらんないわ。ところで、魚住さんてなにしてる人なの？」

「うん。大学院生」

「いいなー。まだ学生なんだ。あ、久留米さんと同じ大学だったの？」

「そだよ」

「なんだ、あたしそこの付属短大だよ」

「へえ。そうだったの」

二本目のワインもすでに半分ほどに減っている。

「あたしね」

るみ子が、ワイングラスの脚を指先で撫《な》でる。きゅ、と鳴くような音がした。

「うん」

「女に生まれなきゃよかったなあ。そしたら大学行けたし、親にもあんなに干渉されなかっただろうし、努力してるのに女のくせにとか言われないですむし、セックスしても妊娠しないし」

るみ子は魚住に横顔を見せたまま言う。笑ってはいるが、どこか投げやりな声だった。

「そりゃ、男は妊娠しないけど」

「でしょ」

「でもさ。知ってる？　男は女の変形なんだよ」

るみ子が目だけで魚住を見た。笑っている。

「なあに、それェ」

「発生学的にそうなんだ。ヒトの胎児の原形は女性なんだよ。胎児は発育過程で特別なホルモンの関与を受けて、初めて男に変化していく。だからある意味では、最初はみんな女の子」

「うわぁ、そうなんだ？　なんかそれ嬉しいなあ」

本当に嬉しそうな顔だった。魚住も少し笑う。

「おれ時々思うもん。女の人には敵《かな》わないなって、結構そう思ってる男、多いんじゃないかなぁ」

「ええ〜。会社のオジサンたちなんか、女だっていうだけで見下す人いるよ」

「不安なんじゃないの？」

「なにがあ？」

「だって会社っていう場所まで女の人に取られちゃったら、居場所ないでしょ」

「半分こでいいのに」

「ほら、そういう発想がすごいんだよ。女の人は。男はなんでも独り占めしたがる」

「ああ、そういう感じある〜」

ウンウンと頷《うなず》き、るみ子は目を見開く。酔っていてもくるりとした瞳《ひとみ》は大きい。

「だから安藤さんも、もっと好きなようにやっていいんじゃないの」

「そぉかなぁ……」

「だって、疲れるでしょ。無理してたら」

「疲れるけどね、確かに。自分では上手《うま》くやってるつもりだったのに、女の子たちからはヒンシュク買って、陰口叩《たた》かれるし」

「自分の思った通りにやんないと、だめだよ」

「なんで？　それで上手くいってるならいいかなー、とか思ったりするんだけど」

「だめだめ。だってさ、そんなことして最後どうなっちゃうか知ってる？」

「知らない。教えて？」

「あのね、最後はね、」

「うん」

ほとんどるみ子が飲んでいるとはいえ、魚住ももう四杯目のワインを空にしている。そこにまたるみ子が注《つ》ぎ足す。

「最後は死ぬの、おれたち」

「やぁだ。そういうことじゃないでしょー、魚住さん」

魚住は薄い背中をばんばんとはたかれた。

「でも、そういうことだよ。だって絶対死ぬんだから。これは決まってるんだから。そしたら、自分に嘘までついて、周りに合わせる必要なんてないよ」

るみ子の手が止まる。魚住の背中から離れないまま、叩くのをやめて、今度は優しく撫で始めた。女性特有の、小さくて柔らかい手のひらを感じる。

「ああ……そっか、そうだよねぇ」

るみ子はほんのり笑った。

「死んじゃうんだもんねえ」

「死んじゃうんだよ」

いまは生きている魚住は、自分の体内を巡るアルコールに翻弄《ほんろう》されつつあった。

身体が火照っている。ふだんの血行がよくないのか、アルコールが一定量を超えるといきなり血の巡りがよくなってしまう。それでも顔にはそう出ない。むしろ服で隠れた部分が赤くなるようだ。

るみ子はそれからしばらく黙ったまま、ワインのグラスを、まるで大切な宝物みたいに両手で包んでじっとしていた。

と、唐突にまたピッチをあげる。自分のグラスにも魚住のにも、なみなみとワインを満たし、今度はこんなことを言いだす。

「ね、久留米さんて、いいよねー」

「そう？　あいつ、会社でもてるの？」

「うん、評判いいよ。結婚するならああいう人がいいって女の子は言うもん」

「ああいう？　ヘビースモーカーで、がさつで口が悪くて、すぐに文句言うような旦那《だんな》がいいの？」

「アハハハハ。口は優しくないよねー。でもそういうところが信頼できるんじゃないのー？　あたしみたいなバカ女にもひっかからないし。あてが外れちゃったよなー」

「あて？」

るみ子は突然ソファからズルリと落ちて、ローテーブルに頭を載せる。

さすがにかなり酔ってきているようだ。うなじが真っ赤である。

「あたしさー」

くぐもった声でるみ子は言う。

「久留米さんに、お腹の子の父親に……なってほしかったんだよね……」

そのセリフを最後に、るみ子は潰《つぶ》れてしまった。テーブルにつっぷした状態のまま、寝息が聞こえだす。

魚住は固まっていた。

お腹の子？　父親に？

なになになに？　なにそれ。

どういうことだ？？？

頭がガンガンした。目眩《めまい》も感じる。アルコールが、普段ならばしない行動を魚住に取らせた。やおら立ち上がって電話の受話器を取ったのだ。

久留米の携帯を呼び出す。

『はい久留米』

「……おれ」

『あ？　魚住か？　ちょうどいいや、いまおまえンとこの駅だ。つきあいマージャンでさ、こんな時間になっちまった。いまからそっちに……』

「安藤さんのこと好きなの？」

『は？』

「おまえ、安藤さんと結婚して、おとーさんになんの？」

『なに言ってんだおまえは。寝ぼけてんの？』

「安藤さん可愛いし。ワインに詳しいし」

『はあ？』

「ホントは頭もいいんだよな」

『ちょっと待て。意味がわからん』

久留米の口調からありありと戸惑いが伝わってきた。ばれたから、慌てているんだと魚住は思いこむ。

「急過ぎるよ久留米。おれ、どうしたらいいんだよ」

自分の声が上擦るのがわかった。みっともないと思うが、どうしようもない。言葉にしがたい感情が胸に渦巻き、魚住はそれを制御できない。

「おれは……どうしたら……」

『待てってば。いいか、すぐ行くから、落ち着けよ魚住』

久留米は早口で言い、電話が切れる。ツーツーと無機質な音を聞きながら、魚住はなかなかその場から動けないでいた。


「なんだこりゃ」

魚住のマンションに着くなり、久留米は意外なモノを見つけてしまった。

「なんで宇宙人がこんなところに潰れてんだよ？」

「駅にいたんだ」

魚住はぐったりとソファに身を預けて、自分のこめかみあたりに手を当てている。どうやらこの男もかなり飲んでいるらしい。

「ＵＦＯに乗ってきたのか」

「……」

「いまのは笑うところだぞ魚住」

「お腹に子供が」

「は？」

「子供がいるって」

「妊娠してるのか？」

「そう」

「おまえが？」

「なんでおれが妊娠するんだよ。安藤さんに決まってるだろ」

「こいつが妊娠？　妊婦がこんな飲んでいいのかよ」

「よくない。言ってやれよちゃんと」

魚住の言葉には棘《とげ》が生えていた。

いつものあのぼんやりした調子ではない。顔も背けたままである。こういう状況は珍しい。魚住は機嫌の善し悪しを顔に出すタイプではないのだ。久留米は妙だなと思いつつ、しかしいまはるみ子をどうするかを先に考えることにした。

「おい、安藤？　おいっ」

「んんんん〜」

唸《うな》り声だけは上げたが、身体は完全に脱力したままで起きる気配はない。

「だめだなこりゃ。まあいまから帰すってわけにもいかないしなぁ」

「結婚すんの？」

「なに？」

「結婚」

「そらいつかはするんじゃねえの？　おれにしろおまえにしろ」

「そうじゃなくて」

そっぽを向いていた顔を久留米に向けて、魚住は滅多にないきつい声を出した。

「なによ。なに怒ってんのおまえ」

「おまえ安藤さんのお腹の子の父親なんだろ？」

「はあ？」

あまりに唐突すぎて、久留米はもう少しで笑いだしそうになった。

「とぼけなくてもいいよ、もう」

「待て待て。おまえ電話でもおかしなこと言ってたな？　言っとくけど、おれと安藤にはなんにもないぞ」

「なんにもなくて妊娠するもんか」

「だからおれの子じゃないって」

「でも本人がそう言ったんだよ！」

「魚住、おまえ、こいつとおれのどっちを信用するんだ？」

「……安藤さん」

魚住が口を曲げて答える。

「おい。それはないだろう魚住。なんでそうなるんだ」

「だって」

自分の髪をくしゃくしゃと掻《か》き回しながら魚住が答える。癇癪《かんしやく》寸前の子供のような仕草だった。

「だって、あんな酔ってて、嘘つけないだろ？　潰れる寸前に言ったんだ。久留米に父親になってほしいって。おれ聞いたんだもん」

なんだそれは。久留米のほうが訳を聞きたいくらいだった。まったくもって、意味不明だ。はー、と息を吐き、肩を落として魚住の隣に腰掛ける。疲れがどっと出てきた。ネクタイを緩め、ワイシャツのボタンをみっつ外す。そういえばこのくすんだ赤地に白の水玉柄のネクタイは、魚住の好きな柄だった。

「ホントだって、魚住」

「なんでおれが、そんな嘘つく必要があるんだ。自分の女だったら、ちゃんとおまえにそう言う。隠してどうすんだそんなもん」

「………」

魚住は片膝《かたひざ》を抱えたまま、下を向いている。長くなった前髪で表情が見えない。

「おい。こっち向け」

右手を伸ばして、柔らかい髪に触れた。魚住は整髪料をつけないので、いつでも髪のサラリとした感触が楽しめる。煙草も吸わないので匂いもシャンプーの残り香だけだ。だからつい、触りたくなる。

ゆっくりとこちらを向いた魚住の顔を見て、久留米はいまさらながらの違和感を感じた。しっとりと濡《ぬ》れたような瞳《ひとみ》に、やや上気した肌。吐息からは、ワインの匂いがしている。なんだ、様子がおかしいと思ったらそういうことかと納得する。

「おまえ……どれだけ飲んだ？」

「え。飲んでない。ほとんど」

「嘘つけ。ワイン二本カラじゃねーか」

「うん？」

魚住がつっぷしたままのるみ子と、青と緑のワインボトルを眺める。

「ちょっとは、飲んだかな？」

「かな、じゃねーよ。つまりふたりとも酔っぱらいかよ、まったく……どうせおまえなんか、明日《あした》にはいま喋《しゃべ》ってること忘れちまうくせに、あーだこーだ言うなバカ」

「おれが酔っていることと、おまえが安藤さんを孕《はら》ませたことは関係ないぞ」

「孕ませてねーってばっ」

いいかげんしつこいぞ、と久留米は魚住の髪を引っ張る。

「いてっ。なんだよ、なにすんだよっ」

「おまえが人のこと気にしてる場合かっ。自分の面倒をちゃんと見てればいいんだよッ。いつまでもおれに面倒見させせんなッての」

「いたいっ。耳ひっぱるなよっ。いッ、あ、」

耳を摘《つま》まれた魚住は、引っ張られたために久留米の身体に倒れ込むような形となる。じたばたと藻掻く魚住が面白くて、久留米はいっそう強くホールドした。ソファの上で背後から、両腕でがっしりと捕まえる。久留米の胸が魚住の背中にぴったりとつく形だ。

軽い男だな、と久留米は思う。

「よぉく聞けよ酔っぱらい」

魚住のつむじを見ながら、久留米は言った。

「どうせ忘れるんだろうがな、一応言っておく。いいか、おれは誰も孕ませちゃいないし、残念ながらここ最近はそういう相手もいねーよ。誰のせいだと思ってんだ？」

「く、くるし……」

ヘッドロック状態の魚住が呻《うめ》く。

「おまえのせいだろーが」

耳のすぐ上で、はっきり言ってやる。

「おまえみたいに、性格はグチャグチャのハチャメチャで、顔ばっかりやったらいい野郎が身近にいるとな、困るんだよこっちは」

「な」

「人の家に転がり込んできて、栄養失調で倒れて、やっと出てったかと思うとブレーカーも知らずに停電生活で風邪引いて、こないだは寝込んだり、怪しい男連れ込んで……その度に、おれに迷惑をかけてんのは誰だ？　ああ？」

「うぐ……」

「おまけになあ。おまえより顔の綺麗《きれい》な女なんてそうそうはいないんだよ。おまえのツラを見慣れちまうと、女の子にドキッとすることがなくなるんだよ。おかげで目ばっかり肥えちまって、ホントに……あ」

酸欠寸前になっている魚住に気づき、久留米はやっと腕の力を緩めた。やっとありつけた酸素に、魚住の喉《のど》がヒュッと音を立てる。その後でゲホゲホと咳《せ》き込み始めた。

「あーあ。大丈夫か？」

前のめりになって噎《む》せる魚住を、後ろから軽く抱き支えて背中をさする。

「悪い。つい力が入った」

「ほ……」

咳き込むのは落ち着いたが、まだハアハアと息を整えている魚住の顔を覗《のぞ》き込むと、激しく咳き込んだせいで目に涙が滲《にじ》んでいた。

「ん？」

「ほんとに、安藤さんとは、なんでもない？」

魚住はまだそんなことを言っている。

「ないない」

その返事を聞くと、魚住はふわりと脱力し、再び久留米の腕の中に体重を預けた。今度はやや斜めに寄りかかり、ワイシャツ越しの胸に耳を当てる。

「……煙草くさい」

「雀荘行ってたからな。おまえはワインくせーよ」

「久留米」

「なんだ」

魚住が胸元に頭を擦りつけてくる。まずいな、かなり酔ってやがる……と、久留米は眉間《みけん》に皺《しわ》を刻んだ。素面《しらふ》のときにはこんな真似をする奴ではない。体勢的には、自分が魚住を抱き寄せている形に近い。ついさっきまではプロレス技のふざけあいだったが、腕の力を緩めれば、もうまるきりラブシーンである。

かといって、いまさら突き放すことも躊躇《ためら》われる。

抱き心地は悪くない。猫みたいだ。酔っ払いのでかい猫。

「久留米」

また名前を呼ばれた。魚住の声というのは、微妙に掠《かす》れていて、それがいまは酔いが手伝い、とろけそうな甘さが加わっている。

なんだよ、とは言えなかった。返事をしたら声がひっくり返りそうだった。久留米の胸に顔を載せている魚住には、すっかり速くなった心音が聞こえているだろう。しかしこればかりは自分でコントロールできるものでもない。

やばい。これはまずい。

久留米は自分の気持ちが走りだすのを感じて、ものすごく焦った。すぐそこにある魚住の髪。泊まる時にはいつも自分も使っているシャンプーの匂い。

「くるめ」

三度、舌足らずに呼ばれた時に、我慢できなくなった。腕に力を入れ、細い身体を引き寄せる。その髪に顔を埋《うず》めて、肺一杯に魚住の香りを楽しむ。髪に口づける。身体が熱くなるのがわかる。自分の身体、そしていま抱いている魚住の身体もだ。

髪から顔を離すと、魚住が顎《あご》を上げて久留米のほうを見た。視線の定まりにくい瞳、緩く開かれたくちびる。ふだんのぼんやりが、酒が入るとまずい方向に変換される。一般に色めいた、と表現される顔だ。

「……夢かな……」

「ああ?」

魚住はふわふわとした口調で「おれ、夢見てるみたい」と呟《つぶや》いた。酔いのせいで夢うつつの状態らしい。ふふ、と小さく笑って目を閉じた。眠いというよりも……まるでキスを待っているような顔に、久留米が必死に保っている自制心がぐらりと傾いだ。どうせ覚えていない。この男は、明日の朝にはすべて忘れているのだ。

魚住の後頭部を、大きな手のひらでそっと支える。ぐらつかないように。どんなキスでも、大丈夫なように。

長い睫毛《まつげ》が、すぐそこにある。

「……気持ち悪い……」

突然聞こえてきたその声に、久留米がギクリと顔を上げた。魚住もぱちりと目を開けて声のほうを振り向く。

「あたし……キモチワルイみたい……」

ローテーブルに伏せていたるみ子が、顔を上げていた。方向的には、久留米たちを見てはいない。テレビの光に照らされた顔はさっきまで真っ赤だったのに、いまでは蒼白《そうはく》になっている。

「安藤?　大丈夫か?」

魚住の身体を離し、久留米はるみ子の背中に手を当てる。それだけでビクリと竦《すく》んだ。

「は、きそう……」

身体が小刻みに震えていた。魚住は現実に引き戻されたらしく、ヨタヨタと立ち上がって「トイレこっち。立てる？」とるみ子に手を貸そうとした。るみ子はなんとか立ち上がろうとしたが、膝《ひざ》が崩れてしまう。

「安藤、おい。……わっ」

今度は久留米が差し延べた手に縋《すが》りつくが、力が入らないのか身体がぐらりと傾く。そのままソファに座らせようと久留米が抱き留めた瞬間、

「うぐっ」

るみ子は堪《こら》えきれず嘔吐《おうと》した。

「ぐっ……げほっ……ご、めんなさ……」

「ああ、いいから。いいから全部吐いちゃいな。大丈夫、吐けば楽になるよ」

クッションを汚す吐瀉《としゃ》物を気にかけることもなく、魚住はるみ子の背中をさすっている。るみ子は泣きながら吐いた。やがて吐く物がなくなってからも、何度もごめんなさいと繰り返しながら、しばらく泣き続けていた。

「久留米、シャワー使ってくれれば？　ここはおれが片づけるから」

「……ああ」

さんざん泣き尽くしてぐったりしたるみ子は、魚住に髪と顔を拭《ふ》かれ、水を飲ませてもらい、久留米が敷いた布団に寝かされた。眠りに落ちたるみ子の顔色と脈が正常なのを確認していた魚住は、すっかり酔いから覚めているように見えた。どこから正気に戻っていたのか、久留米としては気になるところではあるが、聞くわけにもいかない。

——なんなんだよ、いったい……。

久留米は多少の苛《いら》つきを感じていた。それが魚住にキスし損ねたせいなのか、またはそんなことをしようとした自分への腹立ちなのか、よくわからない。置きっぱなしにしている自分のスウェットを着てシャワーから戻ると、魚住がぼんやりとるみ子の寝顔を見ていた。

「もう大丈夫か？」

「うん、落ち着いた……いまね、寝言を言ってたんだよ」

「へえ。なんて？」

冷蔵庫から勝手にビールを出す。プルトップを引く音が、静かな深夜の部屋に響く。

「謝ってた。ごめんね、って」

「そうか」

それが自分たちだけに対する言葉ではないことは、久留米にも薄々わかっていた。るみ子はここにはいない誰かに、謝っていたのだ。

「さて。どうしようか」

魚住が立ち上がって言った。

「なに」

「久留米、泊まってくでしょ？」

「こんな真夜中に帰れるかよ」

「でも布団は安藤さんが使ってるしなぁ」

「ソファでいいよ」

「だって、ゲロ臭いよ？」

そうであった。掃除したとはいえ、いくらなんでもまだそこに寝る気にはなれない。

「………」

久留米はビールを片手に考え込んでしまった。この家の居間はフローリングなので、このまま寝ると翌朝かなり辛《つら》い。畳ならまだ救いがあったのに。

「うーんと、」

魚住はなにを思ったのかソファにあった無事なクッションをひとつ取って、寝室に入る。そしてベッドの上にポンと置いた。自分の枕と並べて。

「おい？」

「一緒に寝よう」

「はあ？」

ベッドはセミダブルである。無理ではないかもしれない。しかし、

「おまえ、まだ酔ってるのか？」

「ん？　酔ってないよ？」

酔っ払いは、だいたいこう言う。だが、本当に酔っ払っていたら、あんなふうに安藤の世話は焼けないだろう。自分の世話はろくにできないくせに、他人の……弱っている者の世話ならばできるんじゃないかと、少し不思議な思いで見ていたのだ。

とにかく、いまの魚住は少なくとも泥酔はしていない。

「嘘つけ。酔ってる」

なのにこう言ってしまうのは、つまり久留米の希望的観測でもある。酔っていてほしいのだ。酔っているなら、なにをしても魚住の記憶は翌朝にはなくなる……はずだ。

「おれが酔ってても酔ってなくても、寝る場所がないことは変わんないよ。しょうがないだろ？」

「そりゃ、しょうがないけど」

「じゃ、おれ先に寝てるから……」

居間の明かりを小さいものに落とし、魚住は寝室に消える。置き去りにされた久留米は、なぜかやたら喉《のど》が渇いてしまい、勢いよくビールを呷《あお》った。

「で？」

数日後、久留米はマリの詰問に晒《さら》されていた。

「それで、どうしたのよ。一緒に寝たの？」

フェットチーネをフォークに搦《から》め捕りながら促すマリは、どこか愉《たの》しげである。

「――寝たさ」

「寝たんですか」

久留米のぶっきらぼうな返事に、サリームが少しだけ驚いた声を出した。

今夜の面子《メンツ》は三人だ。魚住はこのところ、平日は遅くまで大学に残っているようである。最近イタリア料理に凝っているというサリームのリクエストでマリが店を選んだ。小さなトラットリアである。

久留米は先日のるみ子の騒動を話していた。もっとも魚住を抱きしめたあたりは当然省略したのだが、一緒に寝る羽目になった部分は、マリによる巧みな誘導尋問によって喋《しゃべ》ってしまったのだ。

「しょうがないだろ。そこしか寝床がなかったんだから」

「ふぅぅぅぅぅん」

マリが意味深な合いの手を入れる。

「なんだよ」

「べっつにぃ」

久留米は脚のないワイングラスを摑《つか》んで、グイと空けた。

「いい赤ですね」

サリームがボトルのラベルを見ながら静かに言った。

「渋過ぎないし。かといってライトでもないです。しっかりしています」

「そういえば安藤もワイン通だとか言ってたな」

「その、潰《つぶ》れちゃった女性ですか？」

「そう」

「あんたの子供じゃなかったの？　本当に？」

「バカかおまえ」

オイルサーディンの入ったサラダをつつきながら、久留米が呆《あき》れた声を出す。

「じゃ、父親どうこうっていうのは？」

「安藤が妊娠してたのは本当らしい。ただ、あの夜には……もう赤ん坊はいなかったんだ。しばらく前に、早期流産したって」

「そうでしたか……」

サリームがしんみりとした声を出す。るみ子が何度も謝っていたのは、自分の子供にだったのだろうか。そう思ったら久留米はひどく悲しい気分になった。

「相手はわかんないけどな。おれじゃねえよ」

「きっと、久留米さんみたいな父親が理想像だったんですね、その人には」

「この男が？」

マリが茶々を入れる。

「久留米さんならいい父親になれます」

「けど、おれ自分に子供がいるなんて、考えたこともないぜ？」

ウエイターが新しい料理を持ってきた。トマトソースのリングイネとイカスミのリゾットである。にんにくとオリーブオイルの香りが鼻を擽《くすぐ》る。

「そうですか？　僕はよく考えます。僕の子供について」

サリームが料理を小皿に取り分けながら言った。

「あら。まだ結婚もしていないのに？」

「はい。可笑《おか》しいですね。つい、考えてしまうんです。どうやったら幸福にしてあげられるかと」

サリームらしい言葉だと久留米は思った。

自分はどうだろう。子供どころか結婚だって、それ以前に恋愛についてだって、いまは気持ちがこんがらかっている。

「あたし、考えないなぁ」

「普通は女のほうが考えるんじゃないのか？」

「うーん、そうかしら？　でも考えないなあ。子供は産むけどさ」

「へえ。産むの？」

「産むわよ」

「誰の子供をだよ」

「あたしの子供をよ」

なんでそんなわかりきったことを、という感じでマリが答えた。久留米はなんと返したらいいのかわからずに、思わずサリームを見てしまう。サリームは微笑んで「たいていの場合、子供は母親のものですからね」と答えた。

「母性とか父性とか、そういう言葉を安易に使うのはあまり好きではないのですが……母子の絆《きずな》に父親はなかなか敵《かな》いません。男も女も、みんな女から生まれる。だから時々、男は女に意地悪をしたくなるのかもしれないですね」

「そんなもんかしら？」

マリはイカスミでくちびるが汚れるのもおかまいなしに、小気味よい勢いでリゾットを食べながら続けた。

「でも男がいなきゃ、女だって子供は作れないからね。べつに女のほうがエライとかスゴイとか思っちゃいないんだけどさ」

「あれ、おまえそう思ってなかったのか」

久留米がからかいを含んだ声で問い、マリは答える。

「女が偉いんじゃなくて、あたしが偉いのよ」

そして自分の皿を一気に片づけてしまい、ナプキンで口を拭《ぬぐ》う。

一息つくと、お返しとばかりにたっぷりと意味ありげな声で久留米に詰め寄った。

「ところであんたたち、一緒のベッドで寝てなんにもなかったの？」

「ねえよ。あるわけないだろ」

「あるわけないなんて、誰が決めたのよ」

「おれが決めたんだよ」

「この嘘つき男。どうせ魚住が寝入っちゃって、なんかしたくてもできなかったとか、そんなとこなんじゃないの？」

その指摘にどきりとした。

実のところ、久留米が意を決して寝室に入った時には、もう静かな寝息が聞こえていたのだ。すでに午前三時近かった。酒も入っている魚住とすれば、至極あたりまえの流れである。久留米は安堵《あんど》と拍子抜けを同時に味わいながら、ベッドに入った。

ちょうど魚住が寝返りをうって、久留米のほうを向いた。

起きてはいない。眠りながらなにかを探すように身じろいで、魚住は自分の額を久留米の肩につけた。ほかの部分は触れていない。しばらくフンフンと鼻を鳴らすと、またスースーと寝入ってしまった。

飼い主を見つけて安心した子犬。そんな感じであった。なんだこの野郎、魚住のくせに可愛いじゃねえかチクショウと、よくわからない悪態を心中で呟《つぶや》きながら、疲れが溜《た》まっていた久留米もいつしか眠りに落ちていた。

「あのな。おれと魚住をくっつけて、なにが楽しいんだおまえは？」

「楽しいというか」

返事は思いがけず、サリームから帰ってきた。

「それがとても自然なことのように思えてしまいます」

「……自然って……サリームまでなに言いだすんだよ」

久留米は驚いた。サリームはあまり冗談を言うタイプではないし、まして人をからかって楽しむような人間ではない。そんな友人の言葉には重みがある。

「不安定でしょう？　魚住さんという人は」

「まあな」

「不安定なものは安定させたくなります。傾いているものは支えたくなります……だけどそれは誰にでもできるわけではない。特に魚住さんのような人の場合は」

「あいつの不安定さは自覚がないぶん、怖いのよ。巻き込まれる」

マリが付け足す。

「おれなら巻き込まれてもいいってのか？」

「あんたは巻き込まれないわ」

「なんでそんなことがわかるんだ」

「だってあんた魚住を可哀相だと思ったことある？」

「なんであいつが可哀相なんだよ？」

「ほら見なさい」

「はあ？」

久留米にはなにがなんだかわからなかった。

確かに魚住の過去の境遇は、不幸なものだったらしい。久留米はマリほど詳しくは知らないのだが、少なくとも家族運は徹底的にない。子供にとって家族運がないというのは、つまり孤独だったということである。

孤独はしばしば、子供に悪影響を与える。

ということで魚住は案の定、問題を有する人格となった。他者を傷つけたり、自暴自棄になったりという方向の問題ではないものの、世間の基準値からはいろいろと逸脱している。けれど久留米は、そのことで魚住を可哀相だとは思っていない。

「久留米さんは、とても心の広い人なんです」

「おれが？」

サリームの言葉に、ちっとも思い当たるふしがない。久留米は自分が短気だと自覚しているし、他人の失敗にも文句を垂れまくるタイプだ。

「そりゃ思い違いだよ。心が広いってのは、サリームみたいな奴のことだろ？」

そう言うと、サリームは静かに首を横に振る。

「僕もそうなりたいと思っていますけどね。でも心の広い人って、自分がそうなりたいなんて小さいことを考えないんですよ。そう願った途端に、その人の限界が訪れます。

もちろんそれは人間の優劣の問題ではないのですが、それでも僕は憧《あこが》れます。自分で気がつかないほどに、心の広い人に」

　サリームの言うことは、わかるようなわからないような……いや、やはり久留米にはわからない。首を傾げるばかりである。

　横でマリが褒めすぎ褒めすぎ、と言いながらグリッシーニを齧《かじ》る。

「あ、それはそうとおまえ、あの外車の持ち主の男とはどうなったんだよ？」

　話をそらそうと、久留米がマリに詰め寄る。

「それがさー」

　思い出したようにマリが人差し指を軽く振って喋《しゃべ》りだした。

「こないだあたし事故っちゃって、その人の車で」

「なに？　あの外車で？」

「また別の。まあ車なんかどーでもいいのよ。バンパー潰《つぶ》れたまんま返したけど、なにも言われなかったし。サリームも乗ってたの。怪我がなくてよかったぁ、ホントに」

「はい。驚きましたね。でもあれはマリさんだけが悪いのではないし」

　サリームの話によると交差点での接触事故らしい。怪我人は出なかったらしいが、マリの運転していた車のバンパーはかなり凹んだようだ。

「そういえば相手の人、なにを青くなっていたのでしょうね？」

「事故の相手か？　どんな奴？」

「男の子でした。学生さんだと思うのですが。平謝りで、それこそもう土下座しそうな勢いでした」

ということは……ワインをそれぞれのグラスに足しているマリに久留米は眉《まゆ》を寄せて聞いた。

「おまえ、なにに乗ってたんだ？」

「あたしには車の種類なんてトラックか牽引《けんいん》車かってくらいしかわかんないわよ。興味ないもん。走りゃあいいのよ車なんか……ええっとね、なんつったかなーあの車。なんか変な内装でさ。白い革の。名前長ったらしいし。サリーム覚えてる？」

記憶力の優れたサリームは覚えていた。

「はい。確か、マセラティ・クアトロポルテ・エボルツィオーネ」

しかし、その価格は知らないであろう。一千万クラスのイタリア車である。

翌日の夕刻、久留米は珍しく席に張りついていた。

長時間のデスクワークなどほとんどしないのだが、もう先延ばしにできない提出物があったのだ。先々月にあった研修のレポートである。人事課から部長が叱られ、部長から課長が叱られ、久留米は課長に叱られた。

こういう面倒な書き物は徹底的に苦手である。久留米には一切の文才はないのだ。ただの外回り記録である営業日報だって、血の滲《にじ》む思いで書いているくらいだ。

しかも研修中は大変な戦いだった……睡魔との。

座学がほとんどだったうえに、夜はなぜか毎晩宴会の二泊三日、眠くならないわけがない。というわけで講義内容はほとんど頭から消え去っている。これでは、なんのために参加したのかよくわからない。

レポートは遅々として進まないまま、残業時間に突入した。

「デリバティブ市場？　聞いたことがあるような、ないような……学生ん時やったか？そんな大昔のことなぁ……」

つい、ひとりで愚痴ってしまう。

「デリバティブ市場というのは、派生証券市場のことです～」

背後からの声に振り向くと、笑顔で立っているのははるみ子だった。手には紙コップを持っている。それを優しい仕草で久留米のデスクに置いた。

「はい。コーヒー。砂糖なし、ミルク少なめ」

「ああ……サンキュ。よく知ってるな」

「コーヒーの好み？」

「いやデリバ……なんとか」

「うふふ。基礎用語ですよぉ」

あの夜以来、ちゃんと話すのは二度目である。一度目はるみ子が頭を下げながら、クリーニング代を持ってきた時だ。

「魚住さん、どうしてます？」

「さあな。あれから会ってないからな。なんか大学のほうが忙しそうだ」

コーヒーを飲みながら、久留米は自分の隣の椅子を引いた。るみ子がそこに座る。

「聞いたぞ安藤。ザマスハゲを殴ったんだって？」

「やだ。殴ってないですよぉ。手が滑ったとか言って、あたしのお尻《しり》に触るから……」

「安藤も手が滑って、奴の後頭部に一発食らわせた、と」

るみ子が笑いながら「話が膨らんでます～」と否定する。

「頭じゃなくて、撫《な》でたその手を持っていた資料でバシッ、と」

「次回は後頭部にしろよな」

「うふふ。そうします」

久留米たちの脇の通路を、計算課の女子社員がお疲れさま、と言いながら通り過ぎた。そしてるみ子に、

「あ、安藤さん、明日《あした》よろしくねー」

とつけ足す。るみ子も「うん。お疲れさまぁ」と頷《うなず》いて手を振る。

「なに。明日どっか行くの」

「あ、ランチ。新しいお店のパスタが美味《おい》しいからって」

「そうか」

計算課エリアの明かりが落とされた。誰もいなくなった部署の電気は節電対策としてどんどん消されてしまうのだ。部屋全体が少し暗くなり、次第に静寂が増していく。昼間の喧噪《けんそう》が嘘のようになっていくこの時間が、久留米は少し好きだった。

「魚住さんて、綺麗《きれい》な人ですよねぇ、ホントに」

るみ子が思い出したように言いだす。

「ああ。顔はな」

「頭も、いいし」

「そぉかあ？」

久留米はついそう言ってしまう。久留米にとっては、魚住が賢いというイメージはないのだ。顔を見ていると何度もバカと言ってしまうくらいだ。

「いいですよぉ。なんていうか……ちゃんとものの道理もわかっているっていうか」

「あいつが？」

ふふ、とるみ子が笑って小さく言う。

「仲が良すぎてわかんないんですね……いいなァ、そういうのって」

「よかねぇよ。あいつの世話は大変なんだぞマジで。おい、それよりさ、この金利スワップってのはわかるか？」

久留米が示したレポート用紙を見ながら、るみ子が答える。

「ん―と、スワップ取引市場のひとつですね。異なった条件の義務を交換して、お互いのリスクを回避しようとする取引の形態をスワップ取引って言うんです。金利スワップのほかには通貨スワップとかあります」

「ははあ。リスクを、回避……と。そうか。おれはなんかイヤラシイことを想像しそうになったぞ」

「あはは」

「おまえ詳しいな。経済学部？」

「いいえ。ただ、好きで」

「へー」

「意外でしょ？」

そう尋ねられた久留米は、耳の上に挟んであった禁煙パイプを銜《くわ》え、片方だけ眉をひょいと上げて「そうか？」と答える。

「好きなものなんて、人それぞれだろ。魚住なんかスプラッタビデオが好きだ。飛び出す内臓、みたいなやつだぞ。あのほうが信じられない。それに、安藤がそっちに強いとおれは助かる。このレポートがほんとに厄介で……もっと教えてくれないか？」

るみ子は、一瞬驚いたような顔をした。

だがすぐに顔を綻《ほころ》ばせ、「はい、なんでも聞いてください」と答えた。

月下のレヴェランス

満月だった。

日本で見る秋の月は、どうしてこう美しいのだろう。しみじみ思いながらサリームは自分のアパートに向かって歩いていた。駅から離れた住宅街の舗道は、とても静かだ。世界中どこから見ても、月は月である。

それでもこの国の空に浮かぶ丸い銀は、やはり特別だった。おそらくは一種の刷り込みなのだろうとサリームは分析する。子供の頃に母に聞かされたイメージのなせる技だ。静寂に輝く天体に兎が住んでいるという言い伝えを、優しい膝《ひざ》の上で聞いた。日本に留学してから、何度も月を観察したが、なにがどう兎に見えたのかは、さっぱりわからない。竹から生まれて月に還《かえ》る姫の話も聞いた。SFのようなそのストーリーを、少年だったサリームは何度も母にねだった。そのたびに母は微笑して語った。

母は、夜に空を見上げるのが好きだったのだろうか。

だとしたら、それは少しさみしい癖ではないか。

そんなふうに育ち、サリームの中で日本はお伽《とぎ》の国になった。

遠い東の島国では、海にも山にも川にも村にも神様が住み、時にはいたずらをしてみたりする。人々はみな素朴かつ働き者で、美しい自然に抱かれ暮らしている。

だがそれは、現実ではない。そんなことは、サリームも承知している。残念ながら、よくわかっている。それでも、今夜この国で見る月は美しい。自分についてくる満月と散歩するような気持ちで、サリームはゆっくりと歩いた。

——シャラン。

最初は、気のせいかと思った。

二度目に確信した。鈴の音だ。

クリアな音色ではない。どこかくすんで遠慮がちな音だった。小さく鳴っては、微《かす》かな余韻が闇に沈んでいく。

そしてまた鳴る。シャラン……音色よりも装飾の目的で作られた小さな鈴が、何個か同時に揺さぶられている様子が思い浮かぶ。

サリームは音の方角へ漆黒の瞳《ひとみ》を向けた。集合住宅の隙間に、申し訳程度の公園がある。水銀灯が秋の夜の澄んだ空気に浮かんでいた。育ちの悪い植え込みが、サリームのいる道路からも公園の中を窺《うかが》い見ることを可能にしている。

影が先に目に入った。アスファルトにくっきりと刻まれたその黒は、流れるような動きを見せている。

誰かが踊っているのだ。

長い腕が月に向かって差し伸べられている。満月を呼ぶように。誘うように。

音楽はない。

ただ、鈴が鳴るだけだ。おそらくは踊り手がつけている腕輪かなにかなのだろう。遠目なうえに夜なので、その姿ははっきりとは見えない。時折ひらりとスカートが翻るのがわかる。若い女性のようだ。

いまさっきコンビニエンスストアで買った、ビールと煙草と菓子の入ったポリ袋を提げたまま、サリームはしばらく足を止めていた。

既視感。

この光景を、自分はかつてどこかで見たことがある。

鈴をつけて踊る少女……どこでだったのか、いつだったのか、そのへんはまったく思い出せない。ただシャランという音が、サリームの記憶を半端に擽《くすぐ》る。
一、二分考えていたが、ほどなく諦《あきら》めて歩きだした。
ビールを待っている友人が、アパートで首を長くしているだろうと思ったからである。

「お待たせしました。あれ、久留米さん寝ちゃいましたか」

アパートに戻ると、まず、狭い六畳間の窓近くにゴロリと横になっている男が目に入った。広い肩幅を見せるように背を向けて、軽い寝息を立てている。

「うん。自分でビールビールって騒いだくせになぁ。学生の時より弱くなったみたい」

寝転がる久留米を見ながら、こちらはさほど飲んでいない魚住が、ちゃぶ台の上で頰《ほお》杖《づえ》をついたまま言う。

「疲れているんですよ。最近は残業も多いみたいですし。魚住さん、言ってたお菓子、これですか？」

ビールは冷蔵庫にしまい、チョコレート菓子を魚住に渡しながら聞いた。

「あっ。そうそう。これこれ。新製品でさ、美味《おい》しいんだ。すぐわかった？」

「店の人に聞いたら、出してくれましたよ。搬入されたばかりだったみたいで」

「ありがとう。ほら、サリームも鍋《なべ》食べよう。久留米寝ているうちに肉食っちゃおうぜ」

「ええ、いただきます」

簡素な折り畳みの卓の中央に置かれた土鍋が、弱められていた火の上でくつくつと煮えている。湯気が窓ガラスを曇らせていた。

それは、言ってみれば小さな幸福だ。このアパートで、今夜のように男三人で鍋を囲むことは少なくない。狭苦しいのは否めないが、それを上回る楽しさと、同時に安心感があった。

留学したての頃のサリームには、日本人に構えて接してしまう傾向があった。

それは、いくつかの嫌な経験がサリームに与えた防衛手段だった。もちろん、すべての日本人が、外国人……特に白人以外の外国人を差別するわけではないと理解している。かといって、誰が自分を偏見の目で見るのかは、つきあってみないとわからない。特に日本人は、なにを考えているのか、あまり顔に出ない。そうなるとなおさら、最初から心を開くのは難しい。

いつも、視線を感じていた。

すれ違いざま。すれ違った後。小声の囁《ささや》きや無言の観察。

外国人である自分を、肌の色が違う自分を、言葉の抑揚がおかしい自分を、必ず誰かが見ていた。

それは決して心地よい感触ではなかったが、慣れてしまうことが必要だとサリームは思うようにした。確かに自分は外国人であり、浅黒い肌であり、英語ほどに日本語を操れない。なにもかも仕方のないことだった。ちくちくと刺さる抜けにくい棘《とげ》のような視線に、慣れてしまうことが必要だったのだ。

日本は焦がれていた国だった。母の国だったからだ。

だが母から与えられた日本の情報はかなり偏り、かつ時代錯誤で美化され過ぎていた。自分で文献を調べだした頃から、それはわかっていた。電子産業。新宿副都心のビル群。満員電車をみっちり埋めるネクタイを締めた労働者たち。子供のいじめ問題に、自殺者の増加……それらもまた日本という国の側面なのだと知った時は、ある意味当然の現実だと受け取った。それでも日本に憧《あこが》れる気持ちが萎《な》えることはなかったのだ。——実際日本に来るまでは。来日してからは、自分がなぜこんな国に焦がれていたのかと悲しく思う時期もあった。

「あー。肉硬くなっちゃったかなァ」

湯気の向こう側、魚住が下手な手つきで菜箸《さいばし》をカチカチ言わせている。

「平気ですよ。鶏団子、美味しいですね」

魚住はウンと素直に頷《うなず》いた。目元が微笑んでいるのがわかる。

この一風変わった青年は、最近はともかく、知り合った当初はほとんど表情に変化がなかった。日本人がよくする曖昧《あいまい》な笑顔すらもなかったのだ。

不本意なことがあると、眉間《みけん》がキュウと狭まるが、たいして文句を言うわけでもない。ならば自分の意見がないのかと思えば、突然歯に衣着せぬ発言もする。全体的に幼い雰囲気なのに、深いところで達観しているような印象をサリームは持っている。

いずれにせよ、魚住真澄は大変興味深い男である。ついでに言えば、滅多に見ないほど美麗な容貌《ようぼう》の持ち主だ。親しくなってからは、よくふたりで料理をする。サリームはもっぱら指導役だが、それはそれで楽しい。覚束《おぼつか》ない魚住の包丁捌《さば》きを見守る役目は、とても気に入っている。

久留米が寝返りをうつ。まだ眠っている。頰に畳の跡がついていた。

「あー。口開けてるよこいつ」

覗《のぞ》き込んだ魚住が、久留米の鼻先をチョイとつついて悪戯《いたずら》をした。それでも久留米は起きない。眠りは結構深いようだ。

このふたりの前だと、サリームはごく自然にリラックスできた。

マリがいても同様である。

彼女は剛胆にして繊細な女性だ。サリームの持っていた日本人女性観を、木っ端微塵《みじん》にしてしまったのもマリである。今日は居所がわからなくて鍋には参加していない。彼らの仲間内というのは、なんに対しても色眼鏡でものを見る姿勢がないらしい。そのぶん堅苦しい常識や、世間体にもこだわりがないため、小さな事件を引き起こし、サリームも関与する羽目になったりもする。

だがちっとも嫌ではなかった。むしろ嬉《うれ》しい。

彼らとともに過ごすようになり、いろいろなことを教わった。それこそ納豆の食べ方から、馬券の買い方までである。出歩く機会も増えた。

そしていつしかサリームは気がついた。

どこの国であろうと、善い面と悪い面がある。どこの国の人間であろうと、善意も悪意も持っている——そんなあたりまえのことに、やっと気がついたのだ。

力が抜けた。楽になれた。

彼らのおかげだと思っている。頭ではわかっていたことだが、感情では納得していなかったのだ。考えるのと感じるのは別のシステムらしい。魚住たちがサリームに与えてくれたいくつかの経験は、感情のほうに大きく作用した。おそらく、彼ら自身はまったく無意識でしていることだろうが、それでも感謝している。

「あ。そうだ。言うの遅くなったけど、おみやげのビスケット美味しかった。なんかしっかりした味で。迫りくるバター、みたいな」

独特の表現に、サリームは笑いそうになる。本人は真面目に礼を言っているのだ。

「ええ、ショートブレッドは、甘くしないミルクティーと合いますよ」

「そか。今度はそうしてみる。イギリスのお菓子って美味しいな」

ほかの種類もありますから、次に持ってきますねと言うと、魚住は頬を緩めた。

サリームは昨年末からしばらく、イギリスに帰っていた。

ひと月ほどのつもりが、結局はかなり長くなり、日本に戻ったのは夏の初め頃である。その帰国では、思っていた以上の痛手を心に受けた。

母親の状態が悪化したと聞いた時から、辛《つら》い予感はあったのだ。

喪失感から立ち直るのには時間が必要だ。この痛みを静かに受け入れられる日が、果たしてくるかすら、サリームには覚束ない。けれども——もう少ししたら、この愛すべき友人たちにも帰国中のことを話そう。自分の気持ちをそのままに語ろう。悲しいことも、聞いてもらえるのが友人なのだから。

そう考えながら、いまはひとりで静かに心が落ち着くのを待っていた。

「さっきね、そこの公園で踊っている女の子がいましたよ」

あの印象的な光景が、頭から離れない。

「こんな夜に？　ああ、友達と集まって練習とか」

「いえ。ひとりで。音楽もなしに。ただ鈴が鳴るんです……シャラン、ってね。今時のヒップホップとかっていう感じではなかったです。どちらかといえば前衛的なものを感じたのですが、なにぶん遠かったので、あまり見えませんでしたが」

「ふぅん。このへんの子かなぁ」

クタクタになった白菜が好きな魚住が、鍋の底を探りながら言った。

「似たようなシーンを見たことがあるんですよね……思い出せないんですけど」

「デジャヴ？」

「そう……こういうの思い出せないのって、なんだか気持ち悪いですね」

魚住は、おれそういうの鈍いからわかんないなーと呟《つぶや》く。

そして、自分のウーロン茶を飲みながら、マグロのごとく横たわっている久留米をチラリと見た。背の高い男なので、脚が本棚の最下段の隙間に刺さっている。

サリームがそろそろ起こしてあげましょうよ、と提案すると「うん」と頷く。箸《はし》を置いた魚住は少し戸惑うような顔をして、眠る久留米をそっと覗き込んだ。


週が明けた月曜日、サリームは大学の一限に間に合う時間にアパートを出た。

この時間帯は勤め人や高校生なども駅に急いでいる。衣替えをした学生たちを眺めながら、マイペースで歩く。襟首の後ろから風がスルリと入っては、抜けていく。そろそろ自分も冬服の用意をしなければと思った。

と、なにか踏んだ。

履いているスニーカーの靴紐《くつひも》だった。解けてしまったのだ。

通行の邪魔にならないように道路端で紐を直す。屈《かが》み込んでいるサリームの横を何人かが通り過ぎていく。その足音が耳に近い。

キュ、と堅く結び目を作った時だった。

シャラン。

サリームはすぐに顔を上げた。

あの夜と同じ鈴の音だった。持ち主の後ろ姿が見える。
十六、七の女の子だ。
膝《ひざ》より少し上のえび茶色のスカートは、このへんで時折見かける高校の制服だ。茶色い髪は肩胛骨《けんこうこつ》のあたりまで伸ばされている。女の子にしては背が高い。百七十センチくらいだろうか。ハイソックスの下の臑《すね》は、硬く引き締まった筋肉が窺《うかが》える。

なんとなく、少女の後ろを歩いてみる。

お互いに駅に向かっているので、道は同じだ。彼女は左手首に銀色のブレスレットをしていた。鈴がついている。細い鎖に小さな鈴がいくつも連なるデザインで、最近流行している色とりどりのビーズ細工よりは地味だ。それにしても、学校で注意されないのかな、などとサリームは思う。

横断歩道の手前で、サリームは少女に追いついてしまった。この信号を過ぎれば、もう駅はすぐである。彼女はチラチラと腕時計を気にしている。信号待ちの間に、少女の友人が現れた。後ろから肩を叩《たた》いた友達に、ハスキーな声で弾むように「おっはよー」と言った顔が、サリームの視界にたまたま入った。

驚いた。

左の目元が、腫《は》れて紫色になっている。

口元にも痣《あざ》があるのがわかる。切れてしまっているくちびるに、ピンクがかったラメ入りのリップグロスが引かれている。腫れていないほうの目にも、きっちりとメイクがされている。アイシャドウはさすがに施していないが、細く描かれた眉《まゆ》の下で、かなりしつこく塗られたマスカラの睫《まつ》毛《げ》が重そうだ。

化粧と痣。

その組み合わせはなんとも滑稽《こっけい》で、同時に痛々しい。

「あー。カオル、またアザ増えてるし」

心配げな友人のセリフに、カオルと呼ばれた少女が笑って答えた。

「最近、あの女グーで来るようになったかんねー。昨日は目ェ危なかったぁ」

「グーはヤバいっしょ、グーは。どーすんのアンタ」

信号待ちの人たちが、訝《いぶか》しげにチラリチラリとふたりの少女を見ていた。友人のほうはさらに傷んで白くなった毛先のセミロングで、細い眉やマスカラは似通っているが、身体つきはずっと小柄だった。

「どーもしない。てか、殴らせてやるくらいしか、親孝行できないしさぁ」

「そんなこと言ってると、そのうち顔ボコボコになるよ」

「もうボコボコじゃん」

「そりゃそーだ」

ふたりがギャハハと笑ったところで信号が変わる。

次の快速ゲットしないとチコクだよ、そう言って駆け出した。前にいたサラリーマンにぶつかったが、謝りもしないで駅に吸い込まれていく。人混みの喧噪《けんそう》で鈴の音はもう聞こえない。聞こえないはずなのに、サリームの頭の中だけで鳴っている。

後ろ姿を見送って、サリームもまた歩きだした。


イギリスに戻っていた期間が長かったため、今年はいくつか単位を落としそうである。一年次に、ほとんどフルに授業に出ていたおかげで、それほど深刻な状況ではないが、来年はかなり頑張らないと留年の可能性も出てくる。逆に今年は、どう足掻《あが》いても無理な授業は諦《あきら》めた。そうしてできた余暇を、サリームは図書館で過ごしたり、映画を観たりもしていた。趣味の料理に費やす時間も多かった。

水曜の午後、魚住を訪ねた。

研究室ではなくマンションにいるという。そこで、オーブンを借りてミートローフを作ることにした。ナツメグの匂いの漂うダイニングテーブルの椅子に、ふたりは腰掛けている。ミートローノは焼き上がるのを待つばかりだ。

「今日はお休みなんですか？」

「徹夜明けなんだよ。中断できない実験してたから」

では魚住はほとんど眠っていないのではなかろうか。

「僕、お邪魔だったのでは？」

「ううん。さっきまで寝てたから平気。どうせこれ、やんなきゃなんないし。ミートローフすげえ食べたいし」

これ、と魚住が示したのはノートパソコンだった。

「バゲットを買ってきましたから、サンドイッチにしてみましょう」

「ん」

クリアな秋の陽射しが窓から入ってくる。それが眩《まぶ》しいらしく、魚住は、腰掛けていたダイニングの椅子ごとずりずりと少し移動した。

「サリームってさァ」

「はい」

立ち上がり、オーブンを覗《のぞ》き込みながら返事をする。

巻いてあるアルミ箔《はく》の一部を外して焼き加減を確認した。ミートローフの表面で肉汁が光っている。一滴が天板に落ちて、ジュッと短い音を立てた。いい感じである。肉料理は焼き加減が勝負だ。

「日本に来てどんくらいだっけ？」

「ええと、あいだの一時帰国を考えないと、三年目です」

「そっかー。やっぱ、あれだよね。日本語上手《うま》いよね」

魚住が下を向いたまま、感心した声音で呟く。喋《しゃべ》ってはいるが、視線はテーブルの上の文献に置かれている。

「一応、イギリスにいた頃から勉強はしていましたから。魚住さんだって、英語お上手じゃないですか」

さきほど淹《い》れたアッサムティーを飲みながらサリームは言う。お世辞ではない。

「おれの英語はカチコチみたい。会話用じゃなくて論文用なんだなー」

「ああ、確かに多少、硬いかもしれません」

「うん、言語能力低いんだ」

そう言いながら、魚住が目で追っている文章はドイツ語である。それをパソコンに、英語で打ち込んでいる。キーボードなど見ていない。我流のようだが、タッチタイピングであることは間違いない。

「このあいだ、弘前《ひろさき》大学の研究室から電話があって、そこの教授と話してたんだけど……あ、ありがと」

魚住のカップに紅茶を注《つ》ぎ足す。砂糖壺《つぼ》もそばに寄せてやる。魚住のマンションのダイニングキッチンについては、すでに知りつくしていた。

「津軽のほうの人らしくて。何喋ってるんだか、全然わかんなかったよ。マイネマイネって言うから、ドイツ語かと思った」

「まいね？」

「ダメ、って意味だったみたい」

サリームは笑い「東北の方言は難しいですよね」と答えた。カタカタッ、とリターンキーを押し、どうやらひと区切りついたらしい魚住が顔を上げて紅茶を飲んだ。

「ふー。うん……でも最近、電車の中で女の子なんかも、なに喋ってるのかよくわかんないの、おれ」

軽く伸びをしながらそう言う。

「ああ、早口ですからねぇ」

それはサリームも同じだった。数人が固まって叫ぶように喋っていると、もうなにがなんだかわからない。

「そういえば、この間踊っている子を見たって話しましたよね。寄せ鍋《なべ》やった晩に」

「ああ。久留米が寝ちゃった時ね」

「ええ。月曜日の朝に、あの時の子を見たんですよ。高校生でした」

少女が顔に痣を作っていたことや、友人との会話の内容を話す。母親に殴られているらしいこと、それを笑って話していたこと……魚住は黙って聞いていた。

やがて、どこを見るともなく視線を揺らめかせ、

「ぶたれ慣れるって、あるんだよね」

そう言った。小さな声だった。

サリームは、なんと返答したらいいのかわからない。

魚住の子供の頃が幸福ではなかったことは聞いていた。かつて、彼自身も暴力に身を晒《さら》していたのかもしれない。その仮定はサリームの胸を締めつける。けれど言葉だけの慰めが、過去を変えられないこともよく承知している。

黙ったままで、再びキーボードをリズミカルに叩き始めた魚住を見る。

いつもと同じ整った顔。やや俯《うつむ》いているので、睫毛の長さがありありとわかる。結局、なにも言わないままになったが、だからといって気まずくなることもない。

静かな午後だ。

オーブンのタイマーの動く音が、ジジジと耳に纏《まと》わりつく。やがてチン、と軽やかな焼き上がりの合図がして、魚住とサリームは同時にオーブンを見上げる。

「あー。おれ、すごいおなかすいた」

なんの飾りもない、あまりにも素直な魚住の言葉に、サリームは微笑まずにはいられなかった。

魚住にサンドイッチを作ってやり、マンションを出たのが夜の八時過ぎだった。久留米のぶんも忘れずに、ミートローフ・サンドを持ち帰る。

もう自分のアパートが見えるところまで来ていた時だった。

突然、金切り声が耳を突いた。

サリームと久留米のアパートは駅からは十五分ほど歩く住宅街にある。夜になると、人通りは多くはない。女性の声だったので、まさか誰かがそのへんで襲われでもしたのかと、思わず立ち止まった。

あたりを見回しても、不審な様子はない。

電柱の陰で猫がニャアと鳴いたくらいだった。

歩きだそうとして、また、聞こえた。今度はどこからなのかわかった。路地を入った先の家の中からだ。どうも諍《いさか》いが起きているらしい。

ガッシャン、と派手な破壊音がした。食器でも投げつけたのだろうか。

「出ていきなさいッ！　あんたなんか、あんたなんか、産むんじゃなかったわ！」

「わかったよ！　出ていきゃいいんでしょ！」

そんな応酬の後に、人影が飛び出してきた。

見覚えのある制服。

そしてまた鈴の音。今度は早い調子だ。

シャランシャランシャラン。

あの少女だった。肩で息をして、腕をさすっている。怪我をしたのだろうか。

そうか、このへんに住んでいる子だったのか……。少女は自分を見ているサリームに気がついた。

ふたりの距離はいくらも離れていない。ちょうど街灯が近く、夜でもお互いの顔は見てとれる位置だった。

「あ〜」

先に声を発したのは彼女のほうだった。

「インド人？」

またしてもデジャヴ。

以前にもいきなり初対面の第一声がこれだった経験がある。

今度はすぐ思い出した。ほかでもない魚住である。アパートの階段で、見開かれるとドキリとするほど大きな目でサリームを見た。悪意もないが遠慮もない、子供のようなイントネーションで、そう聞いたのだ。

「いえ。国籍はイギリスです。祖母がインドにいますが」

魚住の時と同じ返事をする。

「ふうん。こないだ、交差点であたしのこと見てたよね」

「ああ、気がついていましたか」

「うん。見られんのは慣れてんだけど、アンタも目立つからさ」

そう笑った。そしてイテテテと言う。口の中をどうかしたらしい。足もとを見ればサンダル履きだ。靴を選ぶ間もなかったのだろう。

「派手な親子げんかですね」

「まったく、加減ってもんを知らないんだから、親のくせに……あー、ご飯、食べ損ねちゃったし」

「ミートローフのサンドイッチがありますけど」

「は？」

「食べますか？」

言いながら、これは不審に思われても仕方ないと同時に後悔した。夜道でいきなり知らない外国人からサンドイッチをもらう人はいないだろう。自分だって、そんな怪しい奴は警戒する。どうやら自作の料理を人に食べてもらいたい欲求が、普通より強いようだと、この場でサリームは自覚した。

だが彼女が呆気《あっけ》にとられていたのは、ほんの束の間のことだった。

次の瞬間には歯を見せて笑い、痛んだのか、少し眉《まゆ》を寄せながら、

「うん。ちょーだい」

と手を差し伸べてきたのだ。


夜の公園のベンチは冷えて、尻《しり》が少し冷たい。彼女は、自分の名前を説明するのに、サリームの手帳の一頁をまるまる使って、大きく書いた。

馨《かおる》。

「画数多すぎだし」

夜の公園のベンチに腰かけ、サンドイッチを齧《かじ》りながら書くものだから、手帳の間にバゲットの屑《くず》がパラパラ落ちる。

「いたた。美味《おい》しいけど痛い……でも美味しい……特に中のこの肉が」

「僕が作ったんです」

「ウッソ」

「いえ。本当」

マジマジ、すごいじゃん、と馨があらためてミートローフを見つめる。

「前に、踊ってましたよね。この公園で」

「見てたんだー。うん、練習できる場所なくてさ」

ミートローフだけ味わおうというのか、馨がバゲットの間から肉だけを摘《つま》み出して、パクンと口に入れた。

「あれはなんというダンス？」

「うーん。分類するとモダンかなぁ。振りつけはオリジナルなんだ。子供の頃は、クラシックやってたんだけどね。六歳から十歳まで」

ああ、だからあんな美しい身のこなしができるのだなとサリームは納得した。すべてのダンスの基本はクフシックバレエだと聞いたことがある。

「モダンをやりたくて、やめてしまったのですか？」

「ううん。親にバレエやめさせられたの。あの頃からケンカばっかし」

ペロリと自分の指を舐《な》め、スカートの裾《すそ》で拭《ふ》いた。横顔の睫毛《まつげ》は濃くて長い。相変わらずキッチリとマスカラが塗られているのだ。

「そうですか。寒くない？」

平気、と答えた馨に、温かい缶コーヒーを買ってきて手渡す。

「サリーム優しい〜。日本語うまいよねー。ねー、日本ってどうよ？　好き？」

自分のコーヒーのプルトップを上げながら、サリームは少し考える。

「ええ、結果的に好きです」

「結果的？」

「母が日本人だったんです。話をいろいろ聞いていて、最初はとても憧《あこが》れていました。実際に来て、失望もして。でもいまは好きですよ」

「失望？」

「そう。ここも僕の居場所じゃなかったと」

「……居場所、かァ」

馨は立ち上がり、パン屑の散ったスカートを払った。水銀灯の光が、その影をグゥンと伸ばす。

長い影の持ち主は言った。

「そっか。アンタも、自分の居場所を探してるんだね」

鈴が微《かす》かに鳴る。

馨の言葉は、サリームをとても不思議な気分にさせた。

誰にも見せたことのない自分の内部に、馨がフイと入ってきた。強引ではなく、偶然に、気になるお店にちょっと立ち寄った少女のように、軽やかに侵入された。

自分の居場所。

自分のいるべき処。

もう……ずっとそれを探しているのだ。

イギリス人でありながら、いつも、どこから来ているのかと問われた。学校では肌の色が違うと疎外されたこともある。エキゾチックねという賛辞には、珍しいモノを見たという響きがどうしても感じられた。かといって祖母の国でも自分は異邦人だった。幼い頃、カルカッタの喧噪《けんそう》が恐ろしくて泣きだしたこともある。

そして日本も、やはり自分の居場所ではない。

新宿を歩いているだけで、警察官からパスポートの提示を求められた。留学生だと言ってもなかなか信用してもらえなかった。

世界中のどこに行っても、自分のいるべき場所ではない。そんな気がした。

馨の右腕がゆっくり上がる。

夜に白く浮かぶ、指の角度までが、美しい。

続いて左腕。鈴の音が動きを追いかける。

上体が反らされる。影が不思議な形になる。

そんな体勢でも易々と馨は喋《しゃべ》る。

「毎日動かさないと、身体ってすぐ硬くなるんだよねー」

サリームが目を瞠《みは》るほどに、その背中は後ろに反っていく。髪がサラリと重力に従って流れる。下半身はちっともぐらつかない。

絵画のような静止の後、反っていた身体をゆっくり戻していく。腕は胸の前でなにかを抱くように交差されている。

綺麗《きれい》なポーズだった。

「あたしは、踊っている時が幸せ。踊ってられるなら、どこだろうと、そこがあたしの場所だと思うことにしたんだ……だから踊るのを禁止されると、すっごくしんどい。もう、死にそう」

ゆっくりした動きを終えると、馨はフーと息をつき、またベンチに戻った。

「あ。思い出しました」

「なになに」

「最初に馨さん見た時に、どこかで同じような光景を見たと思ってたんです。それがどこでだったか、いま、思い出しました」

「へー。どこ」

「カルカッタです」

「どこだっけ、それ」

「インド」

「あたし、インドなんかで踊ってなぁい」

サリームは笑った。

「もちろん、馨さんではないんですけど。街中で、踊っている少女がいたんですよ。鈴のついた足輪をしていて、それがステップごとにシャラン、と鳴って」

彼女は人垣の中心で踊っていた。

黄色いサリー。額にはビンディ。骨を感じさせないほど、くねる腕の動き。まだ年若いのに妖艶《ようえん》さを漂わせる踊りだった。少年だったサリームの目に、彼女は焼きついた。もっと見ていたかったのだが、祖母はそれを許してくれなかった。祖母はその踊り子をよく思っていない様子だった。

「……それで、しばらくした後に同じ子を見たんですよ」

「また踊ってたの？」

「いえ。何人かが歩いていただけなんですけど……」

記憶がぼやけている。ところどころ切り取られたように、繋《つな》がらない。

「石を、ぶつけられてました」

「ええ？　なんで？」

「わかりません。後ろからついてくる子供たちが、なにか罵声《ばせい》を浴びせて、彼女たちに向かって石を」

なんだろう。

まだなにか覚えているはずなのに……思い出せない。

「なんか、あたしみたいじゃん。暴力に甘んじているところまで」

馨はそう呟《つぶや》いて、口元の痣《あざ》にそっと指をあてた。


その晩、夢を見た。

サリームはインドの雑踏の中にいた。東京の雑踏とはまた違う。濃い空気。スパイスのにおいに混じる、饐《す》えたような異臭。好き勝手に動く牛。その隙間を走る子供。しつこく小銭をねだる子供から逃げる観光客。

サリームだけが止まっていた。

なのに誰もぶつかりはしない。サリームの両側を人は流れていく。それぞれの方向へ。それぞれの目的へ。

サリームだけが動かない。動けない。

川の流れの中央に落ちた、重い石のようだ。

鈴の音がした。人波の向こうに、あの少女がいた。鈴の音は彼女の足輪だった。

シャン。

シャラン。

――居場所がないのでしょう?

黄色いサリーの裾が汚れている。

――居場所を探して彷徨《さまよ》っているのね。

そう言って笑いながら踊る。サリームは立ち尽くしたままそれを見ている。

どこからか、小石が彼女に向かって投げられた。少し遅れて罵声が浴びせられた。いつの間にか、インドで見た少女の顔が馨になっている。

石つぶては増える。サリームは慌てて助けに行こうとする。だが誰かが腕を引く。

(放っておくことだよ)

祖母だった。

(仕方ないんだ。あの子はそう生まれてしまったのだから。神に近く、聖にして俗、敬われそして蔑《さげす》まれ、マータの名の下にシャクティを授ける者)

祖母の話はよく理解できなかった。石つぶてを浴びながら、馨がそれでも顔を上げる。強い目で石討つ者たちを睨《にら》みつけた。

私は負けぬと、睨みつけた。

青黒い痣に縁取られていても、それは胸に迫るほど美しい目だった。

その後数日間、サリームは馨を見かけなかった。通学の時間帯にも姿はない。少し心配だった

娘の顔をああまで殴れる母親というのは、やはり尋常ではない。親のほうも、なにか原因があって精神的に追いつめられているのではないか。だとしたら、外部の助けが必要だ。学校の教師はなにも言わないのだろうか。いくら馨が明るくしていても、あの様子を見ればなんらかの対処が必要なのはわかりそうなものなのに。

「そんなボコボコにされてンの、その馨って子は？」

鉄板の上の肉をひっくり返しながらマリが聞いた。

「ええ。女の子なのに……。かなりひどい扱いです」

サリームは卓上コンロの火加減を見ながら答える。

本日は焼肉である。会場は久留米の部屋だ。理由は、マリいわく、この部屋なら焼肉臭くなってもかまわないから、だ。確かにすでに壁はヤニで茶色くなっている。あまり気を遣いたくなる部屋ではない。

「あ、久留米、それはおれが丹誠込めて育てた肉……」

「ああ？　もう食っちまったよ」

「うう……おれのカルビ……」

「カルビはおれが好きなんだ。おまえはロース食ってろ。ロース担当にしてやる」

「なんだよ担当って。おれだってカルビが好きなの」

言い争う魚住と久留米は、肉ばかり先に食べる傾向があるようだ。

「あんたたち、まったくいやしんぼなんだから！　久留米もわざと魚住の焼いてる肉食べるのやめなさいよっ」

「魚住さん、まだカルビありますよ」

「ありがとサリーム。今度は食うなよ、久留米」

「じゃあ肉に名前でも書いとけ」

久留米のそんな意地悪はただの言葉遊びと、やや歪《いび》つな愛情表現にすぎないことは、サリームもマリも知っている。その証拠に、魚住のリラックスした表情はどうだろう。ふだんよりもどこかふわん、と幸福そうなのだ。それは本当に僅《わず》かな差異なので、魚住をよく知らない人には、いつものような無表情に見えるかもしれないが、サリームにはわかる。

「あち」

鉄板の油が跳ねて、魚住の目の下に当たったようだ。隣にいる久留米が無言で腕を伸ばし、指先でそれを拭《ぬぐ》う。魚住はされるままになっている。

「最近、あたしの出番が少ないのよねー」

マリがサリームの耳元でクスクスと笑いながら、そんなことを囁《ささや》いた。

「でもさ、その馨ちゃんって、なんで抵抗しないのかしらね。体格はいいんでしょ？」

「背は高いですね。わりとしっかりした身体つきだし……ダンスはある程度筋力が必要だと聞きますから」

「話聞いてると、黙って殴らせて、ギリギリ危なくなると逃げるっていう感じよね」

マリがスライスしたタマネギを置き、アンタたち野菜も食べなさいよ、とつけ足す。

魚住がふぁーい、と子供のような返事をし、

「あのさ、サリーム。インドって道っぱたで女の子が踊ってたりしてるの？」

と続けて問う。

「いつでも……ということもないですけど。たまに見かけました。あとは、結婚式や、男の子が生まれた時に、どこからかやってきて踊り、喜捨を要求する集団がいますね。なんだったかな……名称が思い出せないのですが、確か、とても特殊な集団で……」

「ヒジュラ？」

そう言ったのは、マリだった。

その単語を耳にした途端、サリームの中でなにかが繋がった。

「そう！　ああ、ヒジュラ……マリさん、よくご存じでしたね」

「昔、ジェンダー論の講義でやったのよ。印象深かったから、その後も、自分で本を読んだりしたの」

「そうでしたか……」

忘れていた自分が不思議だった。

あるいは、覚えていないほうがいいものというカテゴリーに入っていたのかもしれない。無意識下でブレーキがかかっていた可能性はある。インドでは少数派のムスリムであった祖母は、ヒンドゥにも理解は示したが、ヒジュラについては語りたがらなかったのだ。また、サリームが興味を示すのも嫌がった。

「僕が見た、あの黄色いサリーの子もヒジュラだったんだ。だから石をぶつけられてたんですね……」

サリームは自分の頭の中を整理するのに夢中になっていた。鉄板を見つめながら考え続け、動かない。

「どうしたんだよサリーム？」

肉の争奪戦からようやく離脱した久留米の問いかけにも、サリームは反応しない。稀《まれ》に、こんなふうに長考に入ってしまう癖のあるサリームだが、彼らはそんな時もそっとしておいてくれる。

「まさか」

二分ほど経った頃に、サリームがそう呟《つぶや》いた。

まさかそんなことが。

しかし、そういうふうに見てみると……けれどあの制服は？　あの化粧は？

だが、化粧しているからこそ……。

突飛な思いつきのはずなのに、考えれば考えるほど、辻褄《つじつま》の合う気がした。

母親のヒステリックな暴力。

やめさせられたバレエのレッスン。

——アンタも、自分の居場所を探してるんだね……。

サリームは立ち上がった。

会える保証もないのに、それでもあの家の前まで、どうしても行ってみたくなった。

馨に、会いたかった。

「すみません……中座します。みなさん、食べててください」

突然の行動だったが、残る三人はあっさり、

「じゃ、食べてるから」

と承諾してくれた。

珍しくバタバタと支度をしているサリームをさして気にせず、三人は焼肉を続けている。無関心なわけではないので、事情はあとから聞かれるだろう。サリームは、いったんこうと決めたことは、まず譲らない。融通の利く部分と、そうでない部分の差異がきわめてはっきりしているのだ。そんな、サリームの頑固な部分も彼らはおおらかに許容してくれる。

「ヒジュラってなんだ？」

久留米に聞かれて、マリが「うーん、ちょっと難しいんだけど」と答えている。

「聖なる踊り子であり、巫女《みこ》であり、時には売春婦とも言われ……尊敬と同時に揶揄《やゆ》の対象。どのカーストにも属さずに、独自の集団で生活をする……」

「さっぱりわかんねえぞ」

久留米が煙を吐きながら顔をしかめた。魚住はあまり関心がない様子で、新しく置いたカルビの裏側の焼け具合をチェックしている。

「いってきます」

靴を履いたサリームがドアを開ける。マリがこちらを見て「いってらっしゃあい」と返してくれた。そのあと、久留米に顔を戻してつけ加える。

「そしてヒジュラは、男でも女でもないのよ」

今夜も月は明るい。

けれどいまサリームには、その月を眺める余裕がない。こんなふうに心がざわつく理由がわからない。わからないことがますます神経を高ぶらせる。相乗効果だ。

馨の家の付近まで、アパートからいくらも離れていない。すぐに着いた。だが路地の奥のどれが馨の家なのかはわからない。時間は十時をまわったところだ。

静かだった。

どの家からも、誰かが出てくる気配はない。

サリームはやっと月を見上げた。自分は、なにをしに来たのだろう。不思議だ。こんな時間に突然飛び出して、どうしようというのだ。

確かめたいのかもしれない。

なにを？　馨が、そうまでして必死に、自分の居場所を探しているということを、だろうか。

迷い犬がサリームを見ている。

その澄んだ瞳《ひとみ》に、問われているような気持ちになる。

なぜ居場所を求めるのか。

そこはなぜ必要なのか。

そこでなにをしたいというのか。

いったい、自分は、何者であればいいのか？

サリームにはわからない。ずっとそうやって迷っているのだ。彷徨《さまよ》っているのだ。大人びて見られるのは、それを誰にも言わないからだ。

知られたくないのだ、迷っていることを。

自分でも上手《うま》く説明できないこの焦燥感を、見せたくないのだ。

なぜならそれは、まるで弱さに似て……。

ガラリと音がした。

迷い犬は走り去る。

ボストンバッグを持った、痩身《そうしん》の少年が一軒の家から出てきた。

まだ少し早いダウンのブルゾン。膝《ひざ》の抜けたジーンズ。履きこなれたスニーカーと、目深に被《かぶ》ったキャップ。

一回だけ、自分の出てきた家を振り返ると、あとは足早に路地から立ち去ろうとする。

立っているサリームとすれ違うその瞬間、迷うことなく声をかけた。

「馨さん」

少年の足がぴたりと止まる。

クス、と笑ったのが聞こえた。そしてサリームの方を向いて、

「まいった。お見通しかあ」

と息を吐き、顔を上げて帽子を取った。

長かった髪は、バッサリと切られていた。不自然なその髪は、誰かに強引に切られたようにしか見えない。目元の痣《あざ》は、色が濃くなっている。化粧を施していない馨の顔は、線は細いし、優しい顔立ちだが、それでも間違いなく少年だった。

「家を、出るのですか……」

「ウン。そろそろ限界っつーことで。行くあてはちゃんとあるんだ。これでも準備はしてたから」

サリームは言葉を探した。なにを言えばいいのだろう。

なにか言いたいことがあったはずだ。

彼女に、いや彼に。いや、どちらでもいいのだそんなことは。もっとなにか大切なことがあったはずなのに、なにも言葉が浮かばない。英語でも日本語でも浮かばない。

「やりたいこと、やるよ。殴られない環境で」

馨の口調は軽い。それは解き放たれた鳥の羽ばたきを思わせる。

「……ダンス？」

「うん。あたしにはダンスしかない。しかも男として踊るダンスじゃダメなんだ。こればっかりは、どうしようもないの」

「馨さんのダンスは、綺麗《きれい》でした」

サリームの言葉に、馨少年はありがとう、と笑った。それはいままで見せていた、ごまかしの混じる自嘲《じちょう》とは別の種類の顔だった。

「あたしがいなくなれば、あの人も落ち着くよ。女になっちゃった息子見てたら、おかしくもなっちまうのもしょーがない」

「いなくなったら、心配するのでは？」

「うん」

馨は月を見上げた。銀白の光がその頬を照らす。いままで見えなかった小さな切り傷を、サリームはまた見つけてしまう。

「知ってる。それでも行く」

短い言葉の中に、誰にも変えられない気持ちが存在している。

たとえ誰かを傷つけても。それによって自分が傷ついても。

泣いて、苦しんで、どれだけ弱さを晒《さら》け出したとしても——自分の居場所は自分で探さなければならない。リリームには、馨がそう言っているように見えた。

いや、言っているだけではない。いままさに実行しようとしているのだ。

「ああそうだ。サリームにこれあげる」

ポケットから取り出したのは、あの腕輪だった。

鈴が小さく歌う。

「アンタ、なんか変わった人だけど、でもアンタと喋《しゃべ》ってた時、すごく楽しかったし、自分の中でいろいろ考えが纏《まと》まったし……サンキュ」

サリームの手の中に銀色の輪を押し込めた。記念に、ってほどのモンじゃないけどさ、と照れたように言う。

馨に手向ける言葉を、サリームは探した。

けれど思い浮かぶのは、ごくシンプルな日本語ばかりだ。もっと気の利いた言い回しや、華美な言葉も知っていたはずなのに、それらは少しもふさわしくなく感じる。

「ありがとうございます。頑張って」

心を込めて言った。

サリームの言葉に頷《うなず》き、馨はふいに数歩退いた。
ボストンバッグを道路に置く。
スイッと背筋を伸ばして立った。突然、一回り大きくすら見えたのが不思議だった。
一瞬にして馨はダンサーになり、舗道は舞台になっていた。
月明かりの下で、右腕がゆっくりと差し伸べられる。
路面の影がともに動く。
片手を胸の前に翳《かざ》し、片膝《かたひざ》を折って、軽く頭を垂れ――それは、クラシックバレエで
プリマがカーテンコールの時に見せるお辞儀だった。
少年はもはや少年ではなく、そして少女でもなく。
ただ、自分の夢を追う者になる。
お辞儀を終えると、馨は優雅さをかなぐり捨てるように走りだした。
最後にサリームに向かって一度だけ手を振る。あとはひたすら夜道をアップテンポに
走ってゆく。角を曲がると、まるで幻だったかのようにその姿は消えてしまう。
サリームは手の中で鈴を鳴らしてみる。
愛《いと》おしい、音がした。

本書は二〇〇〇年十一月に光風社出版より刊行された文庫『プラスチックとふたつのキス　魚住くんシリーズ2』、二〇〇九年八月に大洋図書より刊行された単行本『夏の塩』収録分のうちの一部を、加筆修正の上、文庫化したものです。

この作品はフィクションです。実在の人物、団体等とは一切関係ありません。

プラスチックとふたつのキス

魚住《うおずみ》くんシリーズ II

榎田《えだ》ユウリ

平成26年 9月25日　初版発行

発行者●堀内大示

発行所●株式会社KADOKAWA
〒102-8177　東京都千代田区富士見2-13-3
電話　03-3238-8521（営業）
http://www.kadokawa.co.jp/

編集●角川書店
〒102-8078　東京都千代田区富士見1-8-19
電話　03-3238-8555（編集部）

角川文庫 18760

印刷所●株式会社暁印刷　製本所●株式会社ビルディング・ブックセンター

表紙画●和田三造

ISBN978-4-04-101766-1　C0193

角川文庫発刊に際して

角川源義

第二次世界大戦の敗北は、軍事力の敗北であった以上に、私たちの若い文化力の敗退であった。私たちの文化が戦争に対して如何に無力であり、単なるあだ花に過ぎなかったかを、私たちは身を以て体験し痛感した。西洋近代文化の摂取にとって、明治以後八十年の歳月は決して短かすぎたとは言えない。にもかかわらず、近代文化の伝統を確立し、自由な批判と柔軟な良識に富む文化層として自らを形成することに私たちは失敗して来た。そしてこれは、各層への文化の普及滲透を任務とする出版人の責任でもあった。

一九四五年以来、私たちは再び振出しに戻り、第一歩から踏み出すことを余儀なくされた。これは大きな不幸ではあるが、反面、これまでの混沌・未熟・歪曲の中にあった我が国の文化に秩序と確たる基礎を齎らすためには絶好の機会でもある。角川書店は、このような祖国の文化的危機にあたり、微力をも顧みず再建の礎石たるべき抱負と決意とをもって出発したが、ここに創立以来の念願を果すべく角川文庫を発刊する。これまで刊行されたあらゆる全集叢書文庫類の長所と短所とを検討し、古今東西の不朽の典籍を、良心的編集のもとに、廉価に、そして書架にふさわしい美本として、多くのひとびとに提供しようとする。しかし私たちは徒らに百科全書的な知識のジレッタントを作ることを目的とせず、あくまで祖国の文化に秩序と再建への道を示し、この文庫を角川書店の栄ある事業として、今後永久に継続発展せしめ、学芸と教養との殿堂として大成せんことを期したい。多くの読書子の愛情ある忠言と支持とによって、この希望と抱負とを完遂せしめられんことを願う。

一九四九年五月三日